這裡就是羅陀斯

鍾喬詩抄

【作者序】

一本詩集的誕生：「這裡就是羅陀斯」

鍾喬

「這裡就是羅陀斯／就在這裡跳吧」這兩句詩，出自馬克思〈路易・波拿巴的霧月十八〉文論中，卻源於希臘時代《伊索寓言》的一席比喻。經常被拿來將革命思想與詩連結的經典。我每次重讀，都深深感受已並非「經典」兩個字得以形容，而是對未來行動的一種想像。同時，這行動的想像，有深刻的物質驅動力。

現在，它被置換成我的詩集的名稱。除了是紀念馬克思誕生兩百週年的一分獻禮之外，也多少有對於詩歌和文化行動如何被賦予連結意涵的想像。所以，我說：

詩作為一種思想武器，進而引發文化行動的事情，正在加速的消失，並且蒸發無形。當我這樣說時，必然引發很多對詩情有獨鍾者的爭議。「詩，真的有必要披上思想的外衣，並形成行動嗎？」有人帶著質疑地問。

而我暫時並不熱衷於回應這個問題。因為，這個問題將我帶到不久以前，一個酷熱夏日的午後，在濁水溪出海口的一個小村庄——台西村。就像多數濱海的農村一般，當炙烈的日頭臨照的每一個午後，孤寂陪伴的，通常只是一隻落單在荒廢豬寮旁的黑狗。曾經，便是在這樣的孤寂中，幾位村子裡的農民和我排起一齣稱作《證言劇場》的戲碼來。在戲中，其實他們沒演甚麼戲；就只是專心報告村子受石化工廠空污荼毒的見證。三百九十八支煙囪排出的PM 2.5，吹南風的夏日，苛刻地折磨風頭水尾上，勤耕以換口飯吃的農民。每回，他們站在自己家鄉土地上的形象，都不禁令我想起，馬克思在文章中引述「羅陀斯」——無產階級工人家鄉——的情景，是一種歷經不斷落敗後的重新站起。

關於這個場景，馬克思形容得貼切、動人且像一首革命詩篇。他說：「把敵人打倒在地上，好像只是為了要讓敵人從土地裡吸取新的力量……一直到形成無路可退的情況時為止，那時生活本身會大聲喊道：『這裡是羅陀斯，就在這裡跳躍吧！這裡有玫瑰花，就在這裡跳舞吧！』」

為了這樣一齣戲碼，在演出後，仍能在社會引發環境問題就是階級問題的關切。我回到村庄來，在熟悉的古厝所重建起的攝影記憶中，和已經熟識多年的小女孩——里美重逢，並留下一張日常中交織著多重視線的合照。這麼說，因為里美和她媽媽、阿公、阿嬤都參加了那場戲劇演出，就在這合照現場的古厝所搭起的簡易舞台上。另有，我和她有了相約，一起來為這備受魔煙所害的村子——「家鄉羅陀斯」，寫相互回應的詩篇。因此，我寫了「當時間屬於我們的時候」這首詩。詩的幾行，我這樣寫：

用稻穗般的歌聲
召喚離鄉未歸的男男女女
用沉入田土的身體
引領回返祖厝的老病殘魂
讓生者與死者
一起在共生的餐桌上
因為當時間屬於我們的時候
傾圮的將是一支支　僅剩著
廢墟般殘破的煙囪
向世界詛咒著自身的罪行

很久以後，我一直尚未收到里美寫來回應家鄉情境的詩篇。到底是詩篇不易書寫呢？又或家鄉的情境沒改變前，她並無心動筆呢？我沒刻意去尋求解答。但，我只是猜測：應該在空污沒有徹底從家鄉的天空撤離前，我是不會收到她任何詩作的。我這樣想，時間就這樣過去。詩，仍然留在詩頁中，作為我們彼此對於她的家鄉的一種允諾。這樣的很多日子裡，我時不時，便會想起智利詩人帕布羅．聶魯達（Pablo Neruda）的名言：「我是寫詩很久以後，才知道我寫的是詩。」這兩句話，表面平白易懂，卻語意甚深，多所潛藏。讓我對於一心將詩歌視作文字美感操作的事情，有了更深的批判，進一步理解埋藏於詩歌底下，如礦岩般黑而晶亮的賦、比、興。我想，詩和歌都因渴望解放而找到文字與韻律，恰與被壓迫的人們一般。

二〇一六年，我所尊敬的長者陳映真老師過世，在為他舉辦的紀念晚會上，我又有機會聆聽好友朗讀他唯一翻譯過的一首聶魯達的詩：〈獻給黨〉。其中，這幾行詩，令人難忘。

您教我認識
人的共性和差異。
您讓我明白：
個人的痛苦
如何在全民的勝利中消失。
您教我

在咱窮苦兄弟的硬板床酣睡。
您把我打造於現實的根基，
在堅實的磐石之上。

——〈獻給黨〉聶魯達詩，陳映真譯

這便是如礦岩般黑而晶亮的詩篇，在我們的生活中，形成一種朝向底層、弱勢……更擴大說，朝向第三世界場域的動能。

聶魯達詩風蔚為當今全球左翼的文化象徵，其來有自。因它不僅僅是天上的旋律，更是地上的氣息。永遠在受苦人的門板上，扣下結實的問句後，不忘留住對這不平等世界的吶喊。如果，我們有機會閱讀到馬克思的詩篇，並不難發現類似的痕跡。「我們被綑綁、支離破碎、空虛、害怕／永遠被鏈鎖在大理石般冷冽的存在上」年輕的馬克思寫道：「……我們是冷酷上帝豢養的人猿。」他還說：「我將吶喊出對人類巨大的咒詛。」這就是馬克思的詩篇。

「毀滅」與「愛」成了馬克思詩篇的兩項重點；這同時，革命與愛，更成為馬克思與聶魯達詩風的永恆。是在這樣的情境下，我借用了前人的吶喊：「這裡就是羅陀斯」，寫成了這本詩集。

是的。「這裡就是羅陀斯」。

目次
contents

這裡就是羅陀斯

——寫給馬克思誕辰二〇〇週年

現在，一個尋常的日午
母親在幫失血的孩子
找尋呼吸的一線希望
廢墟的斷壁殘垣間，猶留下
倒插在嬰兒臥室裡的炸彈
救援部隊突然改變偵蒐方位
將槍管對準平民胸口

這裡就是羅陀斯
請在腳下尋找族人的墓誌銘
作為戰爭記憶的羅陀斯

同樣，在這個尋常的日午
地球另一端的母親，從醫院
搭乘最熟悉的公車回家
經過繁華的街口
瞧見自己被壓在高樓的牆影間
想著在加護病房裡
因過勞而腦溢血昏迷的兒子

這裡就是羅陀斯
請在天空尋找墜落的線索
作為未來記憶的羅陀斯

這裡是廣場，這裡是巷弄
這裡埋有共同的魂
在這新世紀的宣言
始終未宣告誕生的日子裡
你說：在革命的旌旗下
曾經倒下的敵人，好似在土裡
吸取更多擊垮我們的力量
所以，這裡就是羅陀斯，在這裡跳吧
所以，這裡就有玫瑰花，在這裡舞吧

集結的臉孔，穿越水晶屏幕
從這個街角朝向那個街角
迅雷不及掩耳，佔領及抗爭
築起左翼聯盟的街壘
來吧！你必須從這裡出發
因為，這裡就是羅陀斯
因為，這裡就有玫瑰花

註：

馬克思在他的名作〈路易．波拿巴的霧月十八〉中，以《伊索寓言》中的這裡「就是羅陀斯，在這裡跳吧！」形容在屢經敗仗，卻深有自我批判的無產階級革命，唯有就地站起作戰。原文的一段這樣說：

它把敵人打倒在地上，好像只是為了要讓敵人從土地裡吸取新的力量並且更加強壯地在它前面挺立起來；它們在自己無限宏偉的目標面前，再三往後退卻，一直到形成無路可退的情況時為止，那時生活本身會大聲喊道：「這裡是羅陀斯，就在這裡跳躍吧！這裡有玫瑰花，就在這裡跳舞吧！」

說故事的人

——致　黃春明

說故事的人，說了
一個日常的故事
最後的結局
是一個孤寂死去的年輕靈魂
他的獨白，或將出現在虛構的小說中
或將成為埋藏在書中的一則寓言
但，總感覺他將從文字中　　出走

回到說故事的人　　身旁
和他相依一整個生命的季節

因為，故事已愈來愈遙遠
而世界變得愈蒼涼
只是人們難以從網路上取得
蒼涼世紀的沉重資訊
於是，前往說書人的記憶中
盜取一支時間的錨
讓故事的船飄盪洋面
帶回水手離鄉時的背影
以及，那空間無從度量的旅程

其實，故事已被關進黑暗裡
在關機的電腦螢幕內
無從追索一顆種籽的命名
於是，跟隨田土裡烙深的腳印
像是走在永恆時間中的
一陣風，或一株稻穗
消逝或收割，都始終是
另一個故事的開始
於是，農夫問路過的人
故事在哪裡？路人指著
沾滿泥濘的腳底，不發一語

說故事的人，回到那百年榕樹下
他準備說一個尋常的故事

卻發現老樹根，不尋常的蠕動如巨蟒
將他緊緊纏繞，吐納地底最深的肺活量
並且發出，世紀以來最最懇切的聲音
說著：「留下來吧！留下說故事的每一刻瞬間！」

後記：

五月金陽的一個日午，與前「人間雜誌」的老友拜訪作家黃春明，他濤濤然說起生動的故事。並從書架上取來IPAD，說他的故事即將寫成小說，已完成二萬多字。果然，永遠是一個說故事的小說家。

寶藏巖　詩抄

1 伯伯

最早，伯伯坐在河岸旁的竹叢下
他的腰，彎著。久久未語……
一條曲折的小徑通往他的住家
也通往他未知的　何方

寶藏巖，迷宮一般的場景
國旗在碎裂的屋瓦上　飄盪
麻將隔著矮窗在屋裡　歌唱
內衣褲是門前的　宣示
還有，深深的長廊底
悶在時間鍋底的鄉音

那年，怪手轟隆來拆違建
伯伯沒吭一聲地沿著山壁
做了三個夜晚的噩夢
夢見自己，往家鄉逃難而去
跌落高粱田裡。遇見的竟是
已然年過八五，卻仍高舉槍桿的
那個　那個　八路軍　親哥哥

後來，怪手停在空中，像個大問號
黑暗中，一支火把照亮一整個廢墟
從來一點都浪漫不得，一點都不

因為，那埋藏泥濘底的
恰是徽章、軍服與舊照

因為，那深鎖塵埃中的
恰是被弄瞎了眼的家書

2 搭台

或許，這終將是臨時的台
穿梭著風，編起了零碎的故事

或許，走過的
恰是故事中的主角

那些時日，城市搬演各式各樣的戲碼
每一齣都朝向閃閃發光的夜空

我們來到這裡，收拾著孤寂
通過夜暗與荒徑的的踏尋

沒有一句台詞是裝飾用，因為
只剩這裸身的吶喊與呢喃

於是，菜田裡冒出新芽
阿嬤等我們一起收成

於是，孩子來戲台下燒雜草
煙燻陣陣，驅趕惱人的黑蚊
於是，我們搭起了帳篷的野台
在廢墟都嫌奢侈的　寶藏巖

3 盜火

那些年，城市在陽光下獵殺公娼
我們走過女體被恥辱的暗巷
誤以為路口便是東京、紐約
或者巴黎的香榭大道

那時，中山北路是懷舊的想像
直通帝國的傲岸記憶
往前，信義區圈起的經貿大樓
巍峨，不帶任何市井的人情
朝著破落的違章戶，插下利刃

人走過，車行過，舊城區的景貌
隨著屋瓦一塊一塊剝落
麵攤老王寒風裡，被驅趕
出獄已有十年的政治犯
在總統府前迷失回家的道路

那年，卡薩格蘭是來自異鄉的盜火者
他在被時間荒廢的暗地裡

築起了一道通往家園的天梯
沿著沒人問津的廢牆、斷瓦與爛泥
挖出這個城市的記憶之根

那年，卡薩格蘭是城市冒出的盜火者
燃起火炬。在廢水、糞池與
一張張污泥滿覆的老照片中
堆疊起生態層的歷史斷面

註：

MARCOS CASAGRAN於二〇〇三年的一項稱作「引火渡書」的藝術計畫中，創造了寶藏巖如何照亮這城市虛偽面貌的藝術行動。所以，我說卡薩格蘭是道地的盜火者。

藝術
——二〇一二寫給藝術工會的一首詩

藝術是床
藝術家在床上
做夢時，還不忘做愛
做夢是怕遺忘未來
做愛是怕被未來遺忘

你說，哪一個是工作
哪一個不是工作？

藝術是路
藝術家在路上
行走時，還不忘回頭
行走是怕複製過去
回頭是怕被過去複製

你說，哪一個是工作
哪一個不是工作？

藝術是橋
藝術家在橋上

沉思時，還不望發呆
沉思是怕毀了當下
發呆是怕被當下毀了

你說，哪一個是工作
哪一個不是工作？

這樣，藝術家是不是工人
藝術家當然是工人
藝術家是掙脫了藝術
又被藝術牢牢綑綁的工人

戰事未遠

坦克在邊界集結
不安的走廊，在夜色中
抵抗著死亡的絕望
然而，死亡並非絕望
因為，血流穿越仇恨的荒境
在流離的家園　匯流成泉
在侵襲者的履帶　烙上罪行

炸彈在夜空爆裂
廢墟般的鬼城
戰事未遠，只是被遺忘
沙塵燃燒
一張母親的臉
我看見
一個孩子的眼球
在我眼前炸開

啊！世界就在瞬間
血的瞬間
新聞的瞬間
毀滅的瞬間

竄改著良心的口供
撕毀了自己的諾言

後記：

《客觀新聞》載，自二〇〇八年十二月二十七日，以色列軍發動攻擊加薩走廊以來，已造成一一九三名巴勒斯坦人死亡，其中，包括四一〇名兒童及一〇八名婦女，另有五三〇〇人受傷，其中一六〇〇名是兒童。

撕裂我吧
——差事劇團帳篷劇《潮暗》主題曲

撕裂我吧
撕裂我難堪的過去
撕裂我吧
撕裂我沈默的現在

他們說
我沒有過去

我的現在已沈沒
沈沒像一條擱淺的船

所以我去海邊看自己
所以我被海洋給封鎖
所以我在家裡看夕陽
所以我被夕陽給包圍

請問屋簷上還有風雨嗎？
請問風雨中還有旗幟嗎？
請問旗幟上還有風采嗎？
請問風采中還有我在嗎？

撕裂我吧
撕裂我不安的身體
撕裂我吧
撕裂我攏盪的靈魂

不再問，我不再問你
如果你不澆熄我
我就像一把火燒盡你

後記：

這首詩獻給穿越冷戰封鎖，返回大陸家鄉的老兵。經由鄭捷任編曲後，深受胡德夫熱切回響，二〇一七年收入他的最新專輯：《時光》。

遠行

——獻給陳映真先生的一首詩

午後，陽光沉默
時間的此岸
一整條後街　都探出了
惋惜、悲傷與紅著淚眼的臉

曾經，那裡有一座小小的麵攤
便是您書寫這世界的起點
給了暗黑一盞漸漸亮起的燈

十七歲那年，在木造閣樓的舊家
青春慘綠的少年如我
蒙在被窩裡，打著手中的電筒
偷讀你小說中的字字句句
「那時候，弟弟康雄在他的烏托邦建立了
許多貧民醫院、學校和孤兒院……」
懵懵懂懂卻也成了一種召喚
此生，就此隨您　前行

記得！您遠行歸來，從囚禁的牢籠中釋放
也是經過很多的日夜
我終而循著山路上，泥濘的
卻也深深烙印在曲徑間的腳印

種下心中一粒粒風中的種籽
沿著長河的左岸，埋入土裡
聽說，種籽總會在冬寒中萌芽
等待一寸寸地抽長
我且等待，下一次的春天到來時
攜手盼見鈴璫花兒的燦爛笑顏

然則，這一回，您是真的遠行了
紅土地上，我望見轉身的剎那
您再次蹲下身來
與曾經仰望的，或者遺忘的
與眼前的人完成等身的視線
便是這樣的視線

您落葉歸根，在深愛的
在關切的、憂心的　母親之河的大地上

子夜，星空無言
時間的彼岸
孤獨的路上，彤紅的天
引我們來再次集結
送您　遠行

詩三首

每一次回首生命的內裡，都親眼望見那道懸索，攀橫在空無一人的馬戲班大帳篷裡……。

之一、日誌

給初老的慌亂留一則日誌
像是在堆堆疊疊的儲藏室裡
不意翻找到丟棄的筆跡

給發楞的日子留一則日誌
像是在午後寂然的捷運車站
忽而望見從車窗消失的自己

給失眠的夜晚留一則日誌
像是在廢棄的水泥工地裡
做了一樁房門深鎖的噩夢

給遺失的記憶留一則日誌
像是在魚腥味滿佈的市場裡
望見一雙黑貓凝視的眼

給無所謂的甚麼留一則日誌
像是在橋上佇立的那一刻
送走漂浮於激流中的倒影

給沒有日誌的日子留一則日誌
再給不安的靈魂　披上
一件救贖的外套
繼續用形容詞　暖和
凍寒在保安街（或甚麼可以被美化的街角）
一副游民的身軀

之二、我，半百歲月……

整著皺了半個世紀的衣襟
我，瞧著這身自己
半百歲月，悄悄在鏡中
越過了人生的邊境

回了個身，我去開
書桌底層的抽屜
拉出的不盡然是
想像中，得以展翅的童年
一本黏得翻不開頁冊的相簿
像似反抗著，不願
被回首的青春

脫去衣裳，脫去鏡裡鏡外的模樣
赤裸的，只有一副微溫的肉身
嘲弄著數以萬計的日子裡
那久久沒有腐爛的軀殼

半百歲月，我漂流若舟
一如擺盪似小小的島嶼
兀自在汪洋海途中書寫
經常苦惱著語言如何
被化作意象，而意象
內外，僅存難以承載的自己

至於，這世界。或噤聲，或吶喊
都在我肉薄的瞬間
留下鞭傷

之三、書籍

塵埃，在我的左心房
無聲無息地飄散
直到覆蓋住一面旗幟
直到旗幟旁，那一片片
雜亂堆疊的磚　擋住
我愈形模糊的視線

是夜，有夢來訪的子夜
我發現疲困的身軀
竟然不安地　躺在
散落一地的書籍間

夢中，在書籍和書籍
形成的暗黑曲徑中徬徨
翻開一冊被雨水浸濕的書頁
滿滿書寫著的　竟是
從未面世的告白

於是，我離城而去
於是，我奔走他鄉
在不一樣的城市中

在不一樣的書店裡
閱讀著書寫不盡的
和我一般的　告白

說是，廢墟盤據每一具身體裡
就像，盤據在這世界的光景中

詩乃伊

——致 胡德夫

詩乃伊，用力一起歌唱
詩乃伊，用心一起傳唱

回到了家鄉，在山與海之間
築起石板交疊的家屋
守候月升時，照臨的光
一如守候祖靈的 開啟

曾經迷失於回家的路
現在，就在屋簷下
守候日出時，腳下的暖
一如母親溫慰的　叮嚀

詩乃伊，你是母親的水流
孕育聲聲不息的胚胎
讓種子在粗礪的沙地萌芽

詩乃伊，你是姊妹的溫度
揹著離家多時的花瓣
在山谷下種下土地的誓約

詩乃伊，你是弟兄的呼吸

涉渡萬丈溪谷的溪流
前往海口擁抱海洋的呼喚

詩乃伊，你是浪跡的腳蹤
我從來不知如何尋你
可你已在眾人的失神中
回到千年的祭典

輕輕呼喚　詩乃伊　詩乃伊
如頌詩一般　歌唱　詩乃伊
啊！千絲萬縷般的詩乃伊

後記：

詩乃伊，排灣族一起歌唱的意思。二〇一八年四月胡德夫一場演唱會，以此為名。

霧霾下

留下來或離開
我們在尋找出口
然而這裡有出口嗎

霧霾下，每一寸肌膚和臉孔
都噤默在無聲的　污染中
我們被封鎖在這裡

時間緩慢的河堤邊
母親之河記錄下的姓名
以心肺朝向河床隔岸
幾公里外，死亡化作酸雨
化作種種不見天日的數據
幽魂般穿梭，穿梭……穿梭進
每一寸肌膚和臉孔

這裡是哪裡？
河與海在變身中
抵抗著被滅頂的　村莊
這裡是哪裡？打開手機
遠方傳來加薩走廊的戰事

兒童的殘肢與鮮血
從來抵抗著侵略者的飛彈

這裡又是哪裡？
一戶一戶垮掉的磚瓦與危牆
一名又一名，因癌症往生的長者
無言，已經變成唯一的　抵抗

直到這一天，一起抬起頭來
將腳踩進烏黑的泥水裡
土地張開沉默的吶喊
朝向中了毒的天空
抵抗……抵抗……

溪口的一朵花

溪口有一朵花
順著乾涸的溪床
逆生在母親之河底端
夏日，當對岸飄來酸臭的味道
彤紅的雲，在晴空的萬里下
張開童話世界中公主的笑容
隱藏的，卻是巫術中的魔煙
在無聲無息中，瞬間

催奪著村莊的聲息
農民出門，血液中穿梭著重金屬
來到溪口，等待南風下
絕望的呼喚一如召魂
這時，一朵花
幻化作千百朵花
在蒙太奇影片的造化下
張開了困頓的眼
凝視著自己身上
艷麗而失魂的模樣

於是，逐漸明白身世何等淒涼
因為，西瓜田已然枯盡
而農民插腰，雙腳陷入深深的沙田

再一次，開花不結果
再一次，西瓜失蹤了

我知道，曾經陣陣的海風
都像捎來喜訊的鳥鳴
就好比花，期待與萬順伯
一起在海口的暖陽下
滾動即將纍纍的笑鬧聲

然而，南風來襲時
曾經的纍纍已成夢魘
你是空污下溪口的一朵花

後記：

台西村，備受六輕空污之害。竟傳有癌症村之虞！曾經，西瓜滿村子，現因空中降下pm 2.5西瓜田皆以改種地瓜。因為，西瓜只開花不結果，俗話稱為：「肖叢」即「瘋了的根莖」。

黑夜
——北京的那個夜晚

黑夜挾帶著黑色風暴
悄悄降臨在城市邊緣

從那一刻起，他不再有家
從那一刻起，他茫然的腳
只能踩在凍冷的街頭

曾經，每個清晨，沿著熟悉的巷道，前往工地大樓。抬起頭，壓下的烏雲總是沉重，而
為著生存的每一線生機，總鼓舞他撥雲見日。

然而，這一刻他無法前往
任何一個溫飽肚子的工地了
只能走著，卻不知往何處去
只能在轉角處蹲下，讓風暴
再次席捲他與家人的　明天

黑夜，張開它黑色的眼睛，像一隻巨獸般，凝視著、且吞噬著妳失溫的身體。

這樣子，回顧著這城市
無法和妳同行的身世
細數著每一個思鄉的夜裡

你的夢，如何碎裂一如屋瓦
從冰冷的矮樓間墜落

而後，是窸窸窣窣的腳步聲
從隔壁的樓房傳來，像暗示著
當街弄間最後一盞孤寂的燈熄滅時
這座城市將和妳作最後的道別……無聲的

北京好大好大，清退的何止是低端人口
北京好冷好冷，清退的是初心的信仰

揹上愛人冰冷的屍體
——輓歌，為川北五・一二大震而作

揹上愛人冰冷的屍體
用麻繩緊緊捆住
背脊如柱，靠著冤屈的魂
回家，心頭這麼想時
引擎牽動摩托車的雙輪
滾向茫茫的歸程
是漫長的不歸路？

然而，最漫長的還在家的盡頭
春天，斷垣殘壁細數著
人間最後的喘息
一隻手，竄出煙塵，緊握著錘
敲下一根根告別的釘
為難捨的愛做一副棺材
為愛人留一片簷瓦、一張床
或一處不朽的家屋
死亡，在廢墟裡
睜亮一雙殘酷的眼
凝視著破碎的山，斷裂的河

以及瞬間搖撼中　突而
被沈埋的氣息

是的，最漫長的還在家的盡頭

春天，愛人的墳就在麥田裡
收割的時節，便將親手剝一粒麥子
一粒麥子不死，就像愛人的魂
來到夢中，沿著撕毀的土地
攀上山岩、飛向海岸
穿越過一座座　又　一座座
樓愈高　人愈冷　的　城市

繼續　揹上愛人冰冷的屍體
通往　回家的路上

後記：

二〇〇八夏日六月，在北京「朝陽文化館」演出《影的告別》一劇。劇中一個場景的畫面，是由川北地震一位災民揹妻子屍體回家的照片延伸而來的……。北京演出後，一個讀報的早晨，我從全版的特別報導中得知，這位災民親手釘了副棺材，將妻給埋在家門前的麥田前緣……。他，繼續耕作、勞動，為那畝養活不了自己的田。

尋　里山

踩著時間之跡
從雪國轉身時
穿越川端康成小說中的隧道
赫然已經是家鄉的夏日
伯公壇前虬髯巨樹下　蟲鳴嘰嘰

在夏日，水鄉如仙子般
將長髮化作長長的河圳

一則傳說旁，一片有機田裡
停著耐心吸水
以補充體內賀爾蒙的公蝶們
就這樣，日午的陽光
為地上歲月開啟一道門
讓我們　尋　　里山！里山　　巡
誰知尋到里山時，里山
已被PM二·五的天空盤據

我們在土地上留下自己的名姓
在家鄉，留下世世代代的腳印
每一步陷落下去的印記
都是回家路上的燈，也是火

照亮我們陷落又拔起
拔起又陷落……再拔起的腳印

踩上時間之跡
尋　里山！里山　巡
尋到里山時，還我里山一面澄靜如鏡的天空
映照我們一張張回家的臉孔

後記：

「里山」由日文SATOYAMA翻譯而來。即，聚生態、生活及生產為一體的淺山地域。日本「大地藝術祭」以「里山倡議」而聞名於世；亦為聯合國教科文組織接納為全球生態公約。

那一夜，高雄，在南方的港都

一瞬間，只有一瞬之間
死神以火焰之名
劫走親愛的弟兄與姊妹
迷途在毀壞邊境的腳
暗夜裡，被火舌吞噬的
一張張驚惶的　　臉孔

以及掀翻的市民記憶
現在，都回到我們的夢中
回到我們上班的途中
回到餐桌上，回到
淚水交織的團聚中
回到，我們再也不願
被撕裂的　　允諾中

垂首悼念
在災難的每一個瞬間
我們留下證言
再也不許光、不許水、不許善良
被貪婪的巨獸厄夜吞噬

那一夜，高雄，在南方的港都
我們目睹掠奪的火
一如燃起控訴的火

不許、不許、我們不許……

梵谷般的陽光

——記　亞維儂藝術節

陽光追逐著子彈列車的疾速
在偌大的田野間
印出稍縱即逝的影子
巨大的影，無聲的影
和時光搶奪瞬間的影
從地圖的北方朝南方
延伸而去的影

於是，我們終將抵達
但，得先穿越地理的、心靈的
以及埋藏於記憶光廊暗幽處
區隔著歐、亞之間的　界限
於是，我們在車窗外
飛掠過一畝向日葵的剎那
追逐著梵谷般的陽光
親臨法蘭西，並且，在來不及
讀完一行波特萊爾的困倦中
準備在　亞維儂　登場
是的，在藝術節的千巡佳肴中
備一碗共享的米飯吧

送行

——燒給岳父——

那一刻，肉軀選擇了沈默
無聲躺在醫院地下室的床上
桌子無語、暖燈寂然
地上的城市寒流凍冷
急診室的冬夜
收容慌亂的腳步

我們眼神凝視前方
步上送行的道途

深夜的救護車無聲飛馳
穿越高速公路
載著整好裝的靈魂
朝向殯儀館的後方
我們合眼默禱
冷凍庫冰著
告別的思念

這一刻，霧掩的山路上
捧在胸前的骨灰盒
安靜著奔忙中苦惱的人生

沈默為往生做出了選擇
且讓骨灰植存竹莖下
來年翻土後歸於自然

咦！雨露沾濕的竹葉間
一窩鳥巢啁啾著聲響

祝福

祝福，是一列長著翅膀的火車
在七彩的天空中翱翔
穿越狂風、穿越暴雨、穿越
夢境中　一雙男孩澄亮的眼
緩緩地，火車收起了它的翅膀
沿著鐵軌淺淺的彎度
抵臨了一座天晴的月台
一個父親，步下車廂的窄門

提著滿滿懸念的皮箱
回去妻子的廚房　　晚餐
男孩　隔著車窗　靜默地
凝視著裙擺起風的　女孩
窗玻璃上光影像似墨跡
留下無聲的一紙諾言

諾言無聲，是埋在地下的詩
像種籽，在時間的沈埋中等待。
諾言有聲，是歷經青春之後
床榻上，交纏著大歡喜的呻吟

諾言無聲，像鹽是生命的光
像柴，在夜暗中燃燒
像米，是大地的靈魂
像油、像醬、像醋、像茶

祝福，是打破車窗玻璃的男孩
在屋簷下，燒一束柴、數一粒米、灑一把鹽
以及　哼哼唱唱著：「醬——醋——茶／醬——醋——茶」

海洋說書人　詩抄

——記　二〇一三瀨戶內海藝術祭

1

午後時分
在微晃的碼頭
等待著
返航的船班

海洋，像一曲
單一聲調的大提琴聲

2

出發，朝向浪濤激湧的洋面
給未知的旅人
捎一封心跳的書信
來自家鄉

海洋是鏡，浮動的鏡
漂移的鏡，流離的鏡
是抹去了腳蹤的
尤里西斯　之鏡

3

登島，午後的陽光平靜的浪
沙灘，印下去的是
來來往往的鞋印
藏匿著　旅行日誌

是誰寫的，寫了甚麼？
留下的祕密，值得甚麼？
當你再問，湧上的船浪
已經換了一批新的旅人

4

在沙灘，和一件銅鑄的鋼琴相遇
它的上頭張著破幔般的帆
它是海邊的裝置藝術
我擱下旅行背包，坐在琴椅上
彈一曲深海奏鳴曲
海浪是唯一的聲音
敲著我的心門
說是，剪去那風帆上
唯一且巨大的敗筆
那血腥的星條旗吧

5

在島嶼與島嶼之間
交換旅者的眼神
我未曾抵達
也未曾離去

身體浮浪
若一粒海漂的種籽

6

我們來了
在妳的浪花上
說一個故事

用祭儀，用身體
用陽光與雨水的滋潤
和離岸的船隻　共享
一個又一個滿潮的夜晚

我們來了
在妳的浪花上
說一個故事

用鼓花，用太極
我們穿越的是，世界對海洋的剝奪
我們返身的是，不曾被淹沒的島嶼

故事

我在日誌上寫下一天的行腳
今天，我還能演甚麼故事的角色？

這樣問時，我來到父親的墳前
清明時節，紛雨下一片的寂寞
我想起，一個工人在一杯酒的餐桌前
噤聲於政治肅殺年代的　寒夜

這樣問時，我來到母親的安養院
小葉欖仁的樹蔭下，午陽輕舞
我想起，一個女人在一頓飯的料理前
奔忙於越戰剩餘估衣的　煙塵

於是，我想回去那年少的閣樓
窒悶的午後，羞愧的勃起
火車緩緩進站的轟隆
搖晃著沒有家的荒涼

於是，我的日誌是手寫的詩抄
在黑膠唱片的轉動中
化做情歌，依畏在初戀情人
隔著學生制服的乳房間

我在日誌上寫下一天的行腳
今天，我演追逐著遺忘了的故事的角色？

扁擔

把全部的重量
都放上來，直到
重量都已消失

把僅存的記憶
都印上去，直到
記憶皆已被遺忘

把一整個村庄
都挑在硬朗的肩上
直到村庄，在島嶼的地圖
被無聲底　抹去

後記：

仲夏七月，隨著酷烈的午陽，再次造訪濁水溪口台西村。一個被六輕污染荼毒，以至於染上癌症村之名的海口村庄。農漁在噤聲中失喪生機，我們於是在村庄口的路燈下展開「證言劇場」的練習……這一夜，農民許萬順帶來一支扁擔，說起了他和扁擔的故事。

南風起
——寫給一個被遺忘的村莊？

1 一輛巴士

一輛空蕩蕩的巴士駛進
起霧的窗口，是潔亮的視窗
快門綿延數個世紀之長
顯影的，是一個被遺忘的村莊
在南風中，被遺忘的　臉孔

最早，先民們沿著泥濘的溪床
尋找母親的腳蹤，雙手握著
愛在瘟疫蔓延時的種子
喘息著，就此來到這河海的墘埔
讓希望落土，在春天的黑土裡
黑色，最美麗的泥土告白
像一則世代流傳的詩篇
鑲嵌在廟宇的　門廊上

而後，時間在日夜轉換間
捎來風中稻穗的民謠
歌聲在季節的流轉間
引來潮間帶的鰻魚群

春生犁田的腳，在稻埕留下汗的笑容
彩鳳挺起的肚，傳來暗夜嬰兒的初啼
一個少年，在溪床上放風箏
飄得愈高愈遠，啊！愈遠愈高……
直到消失不見任何踪影

直到不見踪影
卻有暴雨來襲的夏天夜晚
窗外只剩狗吠聲，以及白晝
無聲無息的煙，蒸著熱氣的午後

直到腳踏車轉不過田梗
阿順伯不慎掉落荒廢的的田土

再也無法和稻穗一起起身
直到……那個不知已孤寂了多久的黃昏

2 於是，南風起

於是，南風起
西瓜在沙田開著鬱卒的花
果實在暗夜中埋進吞噬的沙裡
冬至到來的每一個子夜
鰻魚的幼苗，從海口的惡夢中
潛入更深更深的死亡深淵
於是，哭泣的稻穗咬緊牙根
要說心頭淌血的　故事

縮死在殼裡的文蛤
張著口，朗讀自己的墓誌銘

於是，南風起
每一瞬間，都有倉皇的手
急急緊閉門窗，擋住
瀰散的酸臭味一如咒語
留下還在田裡種番薯的背影
留下土地公廟前
左手舉香、右手摀鼻的阿公
留下南風起時，三合院清朗的夜空上
無聲無息底雲集過來的空中殺手

於是，南風起
懸浮微粒凝聚成死亡之掌
掐住農民瘦瘦的脖子
抬頭時，三九八支煙囪
吐著巨獸般的火舌

這裡是濁水溪出海口，一個被遺忘的村莊
隔著四公里河床，直面「六輕」的污染

3 母親的河嗚咽著

一張遺照
隔著安安靜靜的玻璃
讓時間逐漸遠去

直到活著的老伴
也在蕭瑟的海風中
遺忘自己的名姓
然則，防波堤上
雨水如淚落下的夜晚
時間又喚醒亡者的魂
隨暗影走向路燈下的村
碎裂的磚牆上
搭著已然乾枯卻仍強韌
已然無言卻仍糾結的絲瓜棚

絲瓜棚下
留有一根扁擔
刻著一個個名字

是倒下的身體
最後的控訴
母親的河嗚咽著

後記：

台西村，是濁水溪出海口北岸的一個小村庄。人口約四〇〇人，隔著僅僅四公里的河床，直面「六輕」三九八支高度污染的煙囪……二〇一四年，我們探詢的腳蹤在此駐足。

沿著無限的……擺盪

——寫給Ryu

當喧囂，在世界
變得只剩一片孤寂
我是年老以後的自己
在想像的閣樓上　寫作
便也望見童年時的腳

遊戲地躍下樓梯
在時間嬉鬧的走廊
沿著蜿蜒的一條鐵道
朝著未知的旅途　前去

這時，我將再次地望見
你在不知何方的何方
在沒有句點的虛線上
沿著無限的……不斷擺盪、再擺盪

直到世界，只剩一片
孤寂的喧囂

後記：

Ruy（龍）是日本青年世代的舞者，我和他相識於日本帳篷劇團「野戰之月」的場合。在他獨特的、罕見的身體舞蹈性中，我看到了發自他深深內在的，對於這失重世界的博鬥的一首詩，恰沿著無限的……擺盪下去！

呼吸，就是一種抵抗

睜開眼，看見一起蹲著的身體
在風頭水尾，準備站起身來
霧霾，降落在家鄉每一寸土地上

來吧！來聽聽我們的心跳聲
錯亂的節拍，是根在田土裡爆裂的聲音
是鰻魚的靈魂，在劇烈的掙扎
是斷了氣的西瓜，在尋找呼吸的方向

來吧！來聽聽我們的心跳聲
是一具肉體在底層放膽的歌聲
凝聚著、孕育著多少希望
在黑色的污泥裡

紅色警戒、紅色警戒……拉緊我們相連的臂膀
不在他鄉，就在我們斷了氣的家鄉
我們呼吸！我們呼吸！呼吸就是一種抵抗

起身時，雙腳踩進黑色的污泥裡
黑色，是母親之河的顏色
黑色，是日曬留下的顏色
污泥，是勞動生存的疤痕
污泥，是抵抗污染的印記

行走過你們家鄉被洪水肆虐的土地

我在心裡縫了一只麻布袋子
用來裝滿河床上的泥濘
我聽見春雨過後
踩進田土又拔起的腳步聲
我遠遠地聽見鞭炮、唱戲
以及圍在餐桌旁的叮嚀
這些都是記憶中
最不願消失，卻也往往
只成了抽屜裡的老照片

在社區的節慶上
偶而被拿來展示

然而，現在我提著心底的這只麻布袋
行走過你們家鄉被洪水肆虐的土地

一粒種子掙破濕黏的泥
發出了吱吱喳喳的……哦
原來，是學童在元旦晚會上
歌唱、舞蹈以及無所禁忌
迎向新生朝陽的嬉鬧聲

啊，是這樣。我行走過
你們家鄉被洪水肆虐的土地

血液的旅程

急診室裡，凝神的男子
在筆記本裡
塗鴉著血液的旅程
竄改著記憶的章節
像是城市後街
最終，將傾圮於都更的那面牆

因為，血液已在體內
歷經曲折的路途

每一處轉角，都留下
時間轉場的印記
而每一次的轉場
都交代著長夜的影
以及，晨曦間的光

就這樣，血液在血脈中
給沉默留下喧囂的功課
你如何能迴避
你從來沒有後路
你清理築起的街壘
收拾身體革命後
遺留下的泥濘

最後，你與相愛的人出門
去追尋血液的旅程
在深不探底的巨大寧靜中
聽見急促的心跳聲
像在說：從未抵達，從未放棄

回頭時，火車車窗外
時間按下歲月的快門
留下滂沱中的島嶼身影

後記：

六十二歲這一年春天，在心肌梗塞的危殆中，體驗血液在身體中的旅程！

此岸，彼岸

島嶼最寒冷的冬日
仍然下定掀起暖被的決心
前往泳池完成身體的心願

下水前，望著彼岸
感覺此岸的溫度
下水後，航向對岸
一如返身又回航此岸

唯有在此岸轉身時
我怎麼就想著彼岸
那波海浪，像是城中村裡
一波波流動了不知多少日子的腳
還有一枚枚來不及告別田土的印
輪到在彼岸轉身時
我想著又是此岸
那巨大煙囪下，霧霾危害的
一個被遺忘的　癌症村

於是，寒流無法阻擋赴水的身體
彼岸、此岸其實只是往返中的　一岸

有一條河流

有一條河流，流過我心底
我記得，我永遠記得
那時，我年輕，青春與我相伴
喚醒我晨曦一般的　眼睛
我醒著在一片草葉交織的園地
我的夢，等待涼風的夜晚
葉子像閃爍的星星綴滿天空
我和他，我的他，走在一條山路上

我記得，我永遠記得
正月來臨，年節將近
鞭炮的熱鬧聲
迎娶我的青春
來到這個小鎮
我從不曉得，田水多涼
祖先的牌位有多麼長
就在那片厚厚的簷瓦下
我守著，守著心底的那條河流
就像這世間所有媽媽一樣
用身體在田土中，孕育共同的家鄉

早星

沒有歷史會憑空創造
就像記憶，總有塵埃的氣味
我們在一片廢墟裡
將幽靈般纏繞的影子
化做蒼茫的身形
說出滄桑的話語

就說，在日頭剛剛落下的山坳子裡
澄紅澄紅的早星，前來探頭
像是要說甚麼　一根扁擔、一個農民
以及一個孤寂的山村裡
亡命的人，身影何在？

這時，夜色被陣陣迷霧所籠罩
像似緊緊靠攏過來的
不斷穿越神經邊緣的　風聲
瞬時間，早星突而殞落山間
溪河裡，染著鮮紅的血
是地下黨人最後的　腳蹤
也是最初的　允諾

在舞台下

——記小豆島的一個日午

正午，這麼若無其事地
就將我們驅趕到樹陰下
乘涼、吃便當、並且午睡
準備一場午後的演出

這裡是農村歌舞伎的舞台
村民拉出的花道，恰恰

通往未知，且讓我們沉思
耕種與土地日夜循環
一粒米與一個腳色
歌舞伎是生活的儀式

這儀式，今天日午轉作我們的舞台
笑著、驚訝著、我們和村民
在這收成過後的　盛夏
帶來女神為土地除煞的　戲碼
跳起了與季節　共生　的
鼓　花　陣

在河岸

——懷　空難的靈魂

在河岸，我們默思
他們出境一如入境
肉體的往生
一如，靈魂的再生

在河岸，我們像在
穿越一場失語的旅程

漂流的泥沙，阻去視線
卻是暗黑中的呢喃
不曾相識，在這城市的街角
卻相祝福，也許隔天人之界

在河岸，也許我們終將是
未來才能謀面的家人
現在，就先將各自的相簿
放回抽屜裡，打開電腦
共用一個未知的信箱
或許，這終究只是幻想
但，我們唯有這樣相信

到河岸來，相信這樣的祈福
在城市的迷航中
共同書寫一則墓誌銘
紀念罹難的亡魂
至少，他們的獻身
讓追求傲慢的城市
返身思索航標的定位

冬日，在德里

——記一趟未曾結束的旅程

冬日，亂了套的刺骨寒風
從喜馬拉雅積雪的頂峰
咻咻來襲，夜晚的盛宴中
我們圍在爐火旁
邊飲下蘭姆酒，邊在
嚐盡一塊烤肉的餘香時
思索如何處理一樁知識的命題

例如，後殖民在印度、在亞洲……
又或，在帝國的風暴核心

離了知識的園區，冬日
在難以想像的冷峰中
隨即混入一片離亂的街景
日午，一道陽光穿越一爿危樓
在陋巷口，從腐臭的魚肉間
照亮一只蒼蠅發光的翅膀
殉難者般瘦骨如柴的一副身軀
恰在眼前這名乞丐的襤褸間
烙印著新世紀的　遺言？

於是，我們相約搭乘地鐵
前往人間若煙塵的市中心
在未知的巷弄間，行走
如一迷途的旅人。唯有
擺盪胸臆間，那張陌生的心靈地圖
導引著，朝廟宇的滌淨中
一階又一階登上朝聖者的天空

又一階階地，往塵世……步向
人力車夫淌過汗水的馬路
便不經意地發現：暮色已然降臨
歸返的腳印，也已在時間的退潮中
不知被沖向何方？

只因，這一趟未曾結束的旅程

心房

藝術家林舜龍於寶藏巖國際藝術村完成〈心房〉公共藝術一件，以詩一首回應其創作。

1

那人借用了你的雙腳
還選擇了你的律動
在黃昏時，依著你抬頭的方位

在夜空中舞出星辰的方位
然而，那是未完成的一個轉折
恰若凝視著城市
在來不及回頭時
已經拆卸完最後一片廢墟

而你就在廢墟上
才得以望見星辰，明滅之光
閃過你的心房

2

來吧！穿著你心愛的衣裳
帶著你的紙和筆還有路徑

穿過捷運出口處的人潮
一如涉渡時尚風潮的門檻
舊的，被放進冰冷的展示櫃
新的，被點燃如炫亮的煙花

如果，你靈魂的被窩裡
藏有被遺棄的人的溫度
將這溫度攤在城市面前

3

如果，城市還有脈動的心跳
沉默的曲徑
喑啞的疊樓

荒涼的斷面
都在瞬間的躍動中
即刻凝聚了你的目光
並且，蒙住你輕易的快門

來吧！穿越那攀繞於時空邊境
在幽雅或好奇的視線中
被一掃而過的裂縫

4

從這裡，一面鏡子裡
映照著殘局的美好
讓我，得以提起勇氣

用聲音、用詩歌
去吟頌臉上的沙塵
還有，恆久一如諾言的皺紋

那人走來，和你共享一處心房
用生了鐵銹般的足跡
踩著不願被遺忘的
遺忘
用生了鐵銹般的足跡
踩著不願被遺忘的
遺忘

小白花

小白花呀！小白花
六月酷暑，石礫滿佈的山路
越過荒瘠的山坡
便見妳隨風躺成的花海
每一片花瓣，一種風姿
連結成六月雪的　風景
啊！在雪一樣的冰寒中
露出夢中孩童的笑顏

遠近沉寂，且歇下腳程
很遠很遠……不見的山林間
彷彿聽見山石滑下谷地的轟隆聲
或許是雷，一聲聲悶悶的雷
傳來令人不安的訊息

然而，如何都阻擋不了
孩子探出頭來一窺究竟
天上如何，山間如何
到底抵擋不了童稚的歡笑
就像每一次離鄉前
開在後院的小白花

這是一個初初老去的男子
在床頭折疊棉襯衫
準備放進旅行箱時
給自己童年留下的詩句

回首歲月，竟是滿山滿谷的小白花
在文字堆起的　　山谷中

註：

〈玉山薄雪草〉是六月間開在山上的小白花，因知名電影《真善美》裡，一首描述被迫離鄉的歌，而以「小白花」聞名，特予轉介引用！

人間男女

——幌馬車變奏曲

各位，「燈光已不夠用，要把爐火點燃」
寫這兩句詩的是：拉丁美洲革命詩人　赫賽馬丁
革命，何其遙遠，何其虛無，又何其飄渺
但，我們就這樣站在這舞台上
在這革命被送進停屍間的人生舞台上
在這資本的高樓上得了雲天
也壓得垮任何一隻背脊的舞台上

我們就要進入歷史
一段被現實給壓殺的歷史
「歷史！甚麼歷史？我們有歷史嗎？」
那麼，記憶呢！來談記憶吧！
葬在城市後花園裡的一段記憶

人，安靜地站在時空隔開如隱形牆的暗處
胸口沾著一灘黎明時分前的血漬
已然仆倒，在槍聲中，在一九五〇年冷戰的槍聲中
又站起，剝落自身英雄的姿態
且站起，並向我們走來
是記憶，活過來的記憶

各位，「燈光已不夠用，要把爐火點燃」

PM 2.5

在都會最為熟悉的捷運站出口
人來人往，卻沒有一張臉孔
專注於另一張臉孔
因為陌生，你一定會這樣說，

是的。就是在這樣的陌生中
我們走進PM 2.5 的天空下

你一定會問：「甚麼？」
我說「PM 2.5」

別怪我語氣顯得冷漠或有些不在乎
這都是向穿梭過街的人群學的
如此，你一定會繼續追問：「甚麼？PM 2.5」

這時，我神祕地戴上一只N95口罩
空氣中落下無聲無息的塵霾
就有很多臉孔回過頭來看我
表情一致，像是都在說：「沒用啦！」

所以接下來必須趕在呼吸的下一秒前
趕在陌生的面龐，還沒轉回頭去之前

掌握最快最快的語言與節奏
喘息著說：一根頭髮的二八分之一
肉眼難辨的懸浮微粒……還有……
直接進入血管穿透肺部氣泡
隨著血液循環暴走全身
瀰散天空，入侵泥土，污染河川

所以，你已回到家了嗎？
所以，你還在回家的路上嗎？
所以，你還在呼吸嗎？
所以，你還在想 PM 2.5 是甚麼嗎？
它正一步步靠近你
像隱形的殺手，一步步靠近你

如此，跟隨水的足跡
來到母親之河的出海口

PM 2.5　浮在天空欺騙的雲
勾繪出各種各樣的魔幻畫面
從魔獸般的三九八支煙囪　噴出
而後，無聲無息的降落下來
逆流在我們的血管中

二〇一六，年夜前，震央美濃

在斷層帶穿越的黃蝶翠谷我們追尋著里山的故事
一只黃蝶的薄翼，趨趕走
水庫龐然的厄夢…振翅，再振翅
六・四級強震後的故鄉……
振翅著，平安……在振翅著，平安

這時，公蝶在溪谷飲水
儲備蝶體的賀爾蒙
母蝶，在溪岸密叢中待產
永續里山，在美濃
好男好女，在瀰濃

二〇一六，年夜前，震央美濃

ＷＴＯ夜訪楊儒門

夜，以擅於掩飾真相的身段，
在牢房外徘徊。無聲無息，甚而
不留下任何斜陽的殘跡……。
一瞬間，統統將市場的爪痕，
遺留在貧困者的土地上；轉身，
隨機鋪上一層狡詐的沙，
做為全球化的胭脂或紅粉。
這時，ＷＴＯ本尊搖擺進來，

在牢牆上化身作民主先生的影子，
潮寒的四壁，竟喃喃彌漫著聖徒的讚美詩。
直到他，一個貧農的孩子，輾轉入睡，
頭一回，在噩夢中，被如佳餚般吞噬。

冬至剛過，海風沿著溪岸吹向莊頭，
在二叔和大嬸的菜田裡，刮起
陣陣賤價的亂流。煙塵中，
一束暖陽意外射進牢房角落。
恍惚中，眼前是那道曲折的小徑，
帶你回到家鄉的四合院。
「一粒米值多少錢？」你問風。
在你差些踏上祖田前，風將你
推向路口的讀書人，斯文的臉孔

潛伏著ＷＴＯ的分身，頭頭是道，
道你是本土化的恐怖份子。

炸彈客，人家這樣稱呼你，並不忘
在主流的門旁，給你留個邊緣的攤位，
就說：危險！危險！這裡騰清。但，那時，
你微笑著一張臉，不忘給底層，給農民，
一個清清白白的行動，走進法庭。
就像你將白米，擺在政客的裝聾作啞間。

又一夜，ＷＴＯ再來訪，化身為慈祥的
法官，在審判席上預留了一七顆炸彈，
說是要毀去聲援者的吶喊！儒門啊！
你開牢門，逕自走向聲援的群眾中。

至少，這樣子，污名穢形
不敢在弱勢者的窄巷橫行。
至少，輪到法官到黑牢照鏡子去。
至少，就這樣，用良心
炸醒了脫了魂水的社會良知。

後記：

楊儒門，一個二林出生的淳樸農民子弟。公元二〇〇四年冬天到來之前，他微笑著走進牢房；背後，尾隨著這樣或那樣貌似堅守社會犯罪防線的WTO分身們。那麼，WTO本尊呢？正苦於如何拆解白米和炸彈之間的簡單習題。

世界的街角

——致　布萊希特五十週年祭

燈光漸暗，仍有人穿過水晶燈下的大廳
準備著，將舞台上的賞心悅目
帶回暖燈下的　枕香中
大抵　這個世界　為這樣的人
安排了一座舒適的　劇院
得以聯結到沒有驚聲的睡夢中
當然，我們無從憂心或惶恐

若有妓女流落街頭，是否
會是這人夢境中的　章節
但，可以肯定的是：劇院
不為城市暗幽街角
穿插任何一個場景

無妨　為甚麼？去問布萊希特
因為，他為世界預留了這樣的街角
是妓女的街角　是游民露宿的街角
是詭異的街角　是風雨來襲的街角
當你再問，為甚麼？他就燃起雪茄
神色自若地要你有所做為，說是：
統統收拾起同情的目光
去追究不同姿勢的眼神

擺進一樁耳熟能詳，卻又
無比駭人聽聞的場景中
例如…………。喔！親愛的觀眾們，
你不妨謙虛又有自信地想想看

想想看，那街角，或許
早已蒙上一層貪腐的沙塵
想想看，沙塵背後，是否
一張張面具，恰好詭笑得
適宜安裝在一副副政客的嘴臉上
當然，當你想好，也是該起身
從劇場走向街角的　時候了

當然，當你走向這個街角
怒火尚未平熄的一刻
就會有另一個街角
已在飛彈的襲擊下，失去了
母親在廚房中的身影
這時，死去的孩子，彷彿
撐開血肉模糊的傷口問著：
「這世界為我留下的街角呢？」
或許，恰恰在這樣的瞬間裡
布萊希特的靈魂　竟自無言
而沉沒在無盡的暗黑裡了

後記：在敘事詩劇場（Epic Theatre）創始人布萊希特逝世五十週年的今天，赫然發現劇場與現實的距離，遠遠超出布氏在運用「間離效果」（Alienation Effect）時的想像。

全球化的每一個夜晚

——致　馬訶士，一個革命者

全球化的每一個夜晚，我想像，
國境如拼圖，在遊戲中的指紋下
崩離。哥倫布的艦隊，從浪濤，
從時間隸屬於「啟蒙者」的那方，
高舉著十字架，破浪前來，
天哪！那腰帶間閃閃發亮的劍，
數百年來，從未磨銹……竟而，

穿越我夢境中孤寒的一個角落：
「夜暗的市集，一張張蹲踞的臉孔，
在血流過後的街巷，兜售失落記憶的臉譜……。」
「他們是誰？」我問。你走向前來，
朝海洋，朝陸地，朝日月失序的世界。
面罩依舊，深邃的眼神依舊，
革命的身體與靈魂，依舊
循著一粒海螺的曲徑，
從國際盡頭，穿越國家，省份，鄉鎮……，
而後，一路抵達心的原點。
「他們就是我們……。」，你說話時，
墨西哥東南山區的濃霧，恰好適時底
掩過我夢中沉默的瞬間；似乎，我望見你，
側著臉，在落雨的泥屋裡上網寫信。

關於甲蟲的寓言，關於神話……至於時間呢？
如你所言，戰爭的鐘面指向一九九七，指向二〇〇一，
指向墨西哥市……。「貧窮是武器」你說。

後記：

墨西哥查巴達解放軍，簡稱EZLN，自一九八三年成立後，曾分別於一九九七年和二〇〇一年兩次長征進軍墨西哥市。舉世震驚。副總司令馬訶士在網路發佈創意十足的革命宣言，他認為：人們循著古老祖先所珍惜的海螺曲徑，來到EZLN。

國界三首

三八度線，兩韓領袖跨越的非只是國族的邊境。更是，冷戰歷史的邊境。接下來，是人民之間的邊境，如何跨越！還有，階級的界線！還有，陰與陽之間，身體慾望的界線……等待跨越。

1 DMZ分斷的邊境

DMZ，國界的邊境
冬寒 野鴨在荒涼中振翅

隔著沉默的車窗
隔著無邊的鐵網
無聲嗚唱　這裡
就是De——去　Militarized——軍事化　Zone——區域
就是三八度線　就是　暴力在大舉介入後
又再度陷入大規模的世紀性　噤寒
冷眼對峙　骨肉在不流血的對抗中
失去彼此的體溫。彷然，就在那
分界線上　兩個弟兄
朝兩位姐妹　泣訴　一場戰事
星條旗魅影下，傳來父親陣亡的噩耗

這時，鐵蒺藜刺痛我的手掌心
在時間的噩夜中，我抵達　像似

聽見撕裂的脈博聲
伴隨著那孤單的母親
獨舞著　直到　ＤＭＺ
從荒境般的生態無人區　消失
從東亞的心理地圖上　抹去

2 無國界

天空　飄下一張鈔票
沾著海洋另一端
據說是黃金國度的氣息
勾引著你到城市裡
追尋另一張鈔票的蹤跡
然則，城市只販賣通行證

捺下指紋　清空田產
銀行裡，一筆貸款　恰好
是遺忘貧困鄉村的　證詞
如此，在雨季提前到來的街道旁
轟隆雷聲中　你穿越十字路口
一陣污煙　從排氣管傾洩噴出
蜂鳴的喇叭徹響　隨後，無邊的沈寂
夢境般，你騰空而起　一陣突如其來的暈眩
帶你穿越國界　　再醒來時
你已經是無國界的勞動貨品
流離失所的血汗　　浸泡著
疲困的身心　像颱風過境
蝕浸了大賣場底層的廉價罐頭

3 所以，沒有國界

革命者，在迢遙的遠征道途上
給世界上的同路人寫信
猶如紅色火焰　突如其來
燃燒　　一道道防火牆

這夜，彌散著身體的氣息
熟悉的暖燈下　一張床
兩種逐漸融合的體溫
以及　中年過後　彼此
早已熟悉的喘息聲
一如　清晨時　餐桌上
那紙簡單的　叮嚀

所以，沒有國界
在愛慾與革命
在呻吟與吶喊
在灰暗的牆面前
我們醒著　做一趟天光之夢

所以，我敢說，這裡
在這樣的靈魂地圖上
沒有國界

越過邊境

日午　城市的綿雨
似是股盤　交匯著
資金市場神經密佈的曲線

隨意趨車，方向盤底端
收音機裡，暢銷作家打著輕嗝
準備妥施捨的口吻；他開口
於是：地圖遠處的邊境

也是日午　炮彈在貧瘠的沙塵上
遺留下　瘦骨　屍身　兀鷹的盤旋
以及　被國際霸權暴風　襲捲
終而　失去臉孔的人們

就這樣，我越過的邊境
在綠燈亮起的繁華街口
眼角映著高樓落地窗裡　隱約
揚起的慾望裙擺　以及
一張象徵飢餓兒童的大型　海報

我不習慣閱讀世界的苦難
像似搭乘地鐵　進站出站
以及　無從辨識的抵達

所以，趨車出發的前一刻
最好，便自知終站無盡頭
且有無從跨越的　界線
經久沉默在那裡　沒有聲息
只是　不假顏色　等待著
在世人的目睹下　繼續
切開烙著燒痕的　差異

噤默之窗
——於偽滿皇殿之一角

噤默之窗。似一雙穿越迷霧的眼，
從記憶那頭的一灘血跡，沿著
貼滿軍國主義標語的高牆，
在時間暗幽的迴廊中　逡巡。
血腥的手，由自己和共謀者，
一起選擇一個取巧的下午，
在法庭上，公然釋放劊子手。

並宣稱「終戰」云云。那時，我相信，
匆忙於避走之途的你，必然偶而驚醒，
發現身體是一具早已乾枯的傀儡，
晃蕩於這扇噤默之窗面前。
偽皇帝在偽皇宮的圍牆裡，
繼續週旋於體弱的不堪，以及
藥罐和神佛的庇佑時，帝國
在黃土地的胸膛上肆虐。
鬼子，都將他們的鬼影子，
化身做窗帘外的蝙蝠。伺機
吸盡你早已垂危的 皇族之夢。
時間，翻過它虛假的冊頁，
讓法西斯仍然遁形於教科書中。

這時，我站立，在這噤默之窗前。
你的形影，在勞動改造中，走下
末代皇帝的危階，置身於群眾的海潮聲裡。
如此，我凝望著遠遠的、午後的天空：
偽滿洲國，以一種殖民國家的意志，
讓記憶，化作著了火的殞石，
向我投擲而來。
我　渾身是火。

後記：

東北長春偽滿洲國的宮殿，雖已成為一歷史遺跡的景點。穿梭在囚室一般的廊道和居室間，猛然回首殖民地台灣，思索著其背後埋藏著的東亞殖民侵略歷史，記憶就在眼前陳述著令人感到森寒且抑鬱的氛圍。

錫箔紙背的詩行

——致 Eman

陽光不經意的灑落棋盤式街道，
那個讓時間冰融的冬日午後，
殖民者的記憶，像溽濕的被單，
緊緊底包裹著島嶼的族群生息，
在城鄉、在山巒、在海邊⋯⋯
在無從辨明虛實的媒體間，
被壓縮，然後變形複製，再複製，

成為一句句炫麗的政治口號，
流傳於大街小巷之間。這時，
我想起了你——Eman　一個
詩人，從帝國大廈縱身而下，
將飄散滿天的晦澀詩句，統統
付諸水流；而後，在工人的街頭
行動中，撿拾民眾身影的知識份子。

曾經的一九七〇，不再回頭的世代，
嬉皮早夭，革命者誕生，每一個
困苦生命貧窮的早晨，你拾起槍；
每一個瀕近死亡的夜晚，你從
菸盒中抽取、細心底抽取錫泊紙背，

當你動筆，詩行轉喻為子彈，
似預言，射向全球化虛擬的天堂。

於是，我閱讀……閱讀你的詩行，
你的死亡，流血般的天使；以及，
你那因被出賣而轟裂的頭顱。

這一刻，口號猶如糞水，
在政治的便坑裡……

註：

Eman，菲律賓革命詩人。一九七四年投身「新人民軍」——NPA；一九七六年，在一場戰鬥中，不幸被捕，隨即死在投降的同志的槍口下。

光州，難以墜落的記憶

現在，書頁在日午酷熱的陋室裡，
依自身輕薄的重量，找尋夏天……
從島嶼南方吹來的一陣孤寂之風。
書頁中，有人起身，以他素樸的肩膀，
凝鍊的眼神，以及夾雜著殖民時期混音的
話語，對我訴說一場肅殺。天亮之前，
記憶隨著乾涸的血逐漸蒸發；微明中，
時間藉由一雙萎弱而纏滿籐蔓之手，

緩緩拉開一扇窗。朝向一座城市：
置身窗外的我，顫慄的身體，
傾斜的目光，還有彷如歷經世紀之久
依舊激切的情緒。於是，我目睹：
幾何造型的光與影，在公共建築的
樓舍間，如春天難以設防的利刃，
瞬時間，切割過一具具堆疊起來的
屍身。光州，一九八〇……空降師
戒嚴的子彈；市民身體上剝不落的血衣；
穿越噤默夜空的學生革命的吶喊；還有，
這個日午，走過殉難者墓碑前，那些乾涸的鮮花；
那些殷切的士兵；那些已然側身世紀之外，卻又
始終不忘回返的魂。難測的屍骨之溫，
在我靈魂深處的旅站徘徊；轉身，才發現，

我仍然身處時間的窗外，亞洲的窗外，
無法不去面對的，卻一直隨波逐流的
冷戰的窗外。

後記：

一九八〇年五月發生於南韓光州的民眾抗爭事件，雖然在血腥鎮壓中落幕；但運動所帶起的對亞洲冷戰／獨裁體制的反思及行動，卻至今仍未停息……。

來到邊境

當樂生療養院，以城市現代化最後一份祭品，在捷運工程的終端，面臨被移除的命運時，邊境家園醒著數百名蒼老的靈魂，以及，眾聲的吶喊……。

來到邊境，來到生存的邊境，
來到地鐵的邊境，地圖上，
得以標誌的共同記憶，
都像漂白過後的衣裳，
被存放在油桐漆亮的展示櫃裡。

歷史清冷，國家的意志
隔著迷霧般的玻璃，
向世人宣告神聖的佔有。
這些都已在現代化的旅程中，
一一輸進公民的文化想像裡。
不要懷疑，民主就像花邊的裙擺，
地攤、夜市或精品消費，都有得買。

那麼邊境的民主？如何秤斤論兩。
一幢幢殖民時期的灰白樓層，
留下一疊疊的污名，稱作病歷。
穿越那道白色簷廊，突而
時間在截肢的末端結痂，
張不開無語的嘴，朝天

問著：還要囚禁我們多久呢？
這裡是病院，以麻瘋之名，
將流離的桿菌驅離，而後集中，
趁寶島發財的霓虹夜晚，
趕緊烙下罪名，予以隔離。
遺忘，就是通往天堂的路。

如果，遺忘是通往天堂的路。
為何，怪手開挖沈寂歲月？
條條捷運打開市場筋脈，
塵土飛揚時，七十出頭的順伯仔，
一早從後山的靈骨塔，親眼
望見久違的大炮坑。回頭，
在簷下暖暖的被窩裡，取出

一瓶金門高粱。喝著，用曲扭而蒼老的骨頭，
喝著隔海囚禁的鄉愁。他先是問，
如果，遺忘真是通往天堂的捷運，
又為何將遺忘關進孤寂的病房，
後來，他拉長的臉，像一面抗爭的旗幟。

發問

「從那以後，神在發問中行走，他們從未停步，他們從未到達，也從未離去」

——查巴達原住民解放軍副司令　馬訶仕

夜，在沈寂中
書寫城市的遺言
散落的腳印
濺起高樓的　碎影

戀人在他鄉
將絮語束成信紮
浪沫般的聲息
在時間之河裡　浮沉

於是，我問自己，另一個
苦惱的自己：「你在哪裡？」
你，便回答說，「在家門前，迷了路……。」

這也好，讓我首次在鏡子前
認得一張臉孔，熟悉又陌生
望向夢境中的鐵蒺藜
隔開灰鬱的天、浪濤的海

以及　希望中翻滾著絕望之塵
未曾停止發問的　土地

革命，從遙遠的山區
傳來撤守的訊息，然則
革命者戴上面罩
專注的眼神
仿若夜月下迸著煙硝的信誓：
「我們從未到達，也從未離去。」
那麼，鏡中的你，準備離去了嗎？
不！不！你拉尖嗓門，朝大路說：
「道別，並非為了遺忘
茫漠之途，莫忘

呼喚不安的靈魂
為明日的解放
預留一碗慶功的　米飯」

遊盪浮士德

在他炯然的目光下，
波特萊爾游魂般的身影，突而從
十九世紀巴黎的拱廊街轉了個身。
於是，子夜繼續為不眠的城市，
埋下資本的雷管，爆裂在
漫遊者的神經末稍。一行詩，
幾些碎裂的喃喃低語，穿越在
宛如時間幽廊的地下水道。

從歐陸，幽靈一般底襲來，為市場
為掠奪，為風雲般捲動的全球化，
潛伏了咒語般流淌的暗潮。

如果，百年只是帝國的一瞬間。瞬間之內，
相遇的是亞洲版圖上遊盪的浮士德。
那麼，波特萊爾呢？ 早已
隨著穿著重孝的迷人少婦，
消失於一盞煤氣街燈底下。

於是，攜帶著埋葬的記憶，
我們穿越高樓下的匆匆行影，
穿越大街小巷，順道穿越一幢殖民時期
遺留下來的破落建築，在一片歷經百年歲月

依稀被雨水沖洗得滑亮的簷瓦上，映見
自己被妝點得模糊不清的面孔。

我們也轉身，在豪雨來襲的冷洌中，
一齊委身在一頂大帳篷底下，
戲將開演，觀眾在席，演員起身，
時而凝視，時而在獨白與對話中，
用身體，迎向碎裂如鏡的　未來。

濁流的源頭，是母親

風災、水災、土石流沖去大甲溪沿岸居民的家產，生計頓時滑陷於泥濘中。溪流下游的農婦——石岡媽媽們，卻在艱辛中相互訴說身體裡的故事。

甚麼時候，大地屏息，
為著那百年劇烈的底層翻滾，
準備了一場除咒的　儀式。
像似那凝神的母親，在坍塌的
公廳外，在瓦礫間，在蒙塵的神主牌位裡，

終於映見自身隱敝的容顏。於是，
赤著雙腳，回溯一條心中的河流。
呼吸著泥土，在一株萎落的梨花瓣上，
在一葉無人問津的松針上。一切
都只像是伊額上晶亮的　汗水。
勞動中，已穿越了半百個旅站。
回頭時，突而發現台三線上，掀起了
這樣或那樣的不確定的吵雜聲，
統統朝著溪流的源頭奔去，
遺留下一煙慾望的　車塵。

甚麼時候，市場竊笑著，
變作一隻擅摹人意的貓。
在餐桌與廚房間，留下

令人捉摸不定的蹤影。母親，
回鍋的魚湯，水才剛沸。突而，
便有千計的人頭，早已潛進
溫泉旅社的高溫接待中。
這時，貓在岩壁的原生種蘭花上，
留下了彷如歌頌島嶼的姿首。
那姿首，在農村的生計中，
遺留下令人扼腕的　謎。
像似神龕下，不知何時浮現的
一團線條，據傳是明牌的號碼。

甚麼時候，溪水變濁流，
在蜿蜒的山路間，烙下
天地暴怒的痕跡。巨石，

沖碎發電廠的攔水壩，像似
夜暗宇宙突而來襲的殞石。
在家園，在國校，在一個農父和
一個學子的無聲吶喊中，
化作碾碎夢想的雷擊。這時，
唯有，母親是濁流的源頭。
在地殼劇變的土石流山溝上，
吟唱著福爾摩沙　悲歌。

刻魂

——致　死難的木刻家黃榮燦

「那麼，應該在何時才能充實我寫畫的自由？」
你這麼問時，海峽上空肅殺的疑雲，正隨著
法西斯驟雨般的靴聲，瞬時間，遮斷
互望的眼神。那時，你已登岸多年；
版畫家、潛藏的革命份子。並以，文字書寫
緊密封守另一個地下身份：黨人。
那時，我猜想：「外省人」的稱呼，大概

也已在你的耳膜間被記錄。又或者，
某一個雨淅瀝瀝飄過寒夜的街頭，
榻榻米蓆舖上，肅清的耳語如鋒面，
恰割裂著你的胸膛。然而，繼續的，
一如護著上海來的劇團，前往歸航的碼頭；
你朝夜暗方向走去，等在紛亂時間那頭的，
如你預期，是「本省人」作家書寫的
一紙和平宣言，正等候著受凌辱者的　落款。

台北，秋日一個起風的黃昏，
孤寂的暮色，突而在錯落的鐵窗、招牌、街巷
以及公寓的灰牆間投入噤默的影：我們的
眼神逡巡一如逆轉的鐘面；身體，如惶惶於
燈光監視下的一枝筆。朝著窄仄的山坡路，

在墓園後的亂葬崗上，驚恐於你
躺下的姿態；於你，殘遭撕裂的靈魂；
於你，在冷戰之牆上，被刻意拭去的
受難之名。畢卡索呢？魯迅呢？現今，唯請你
容許我通告他們。那些，在你的刻魂中倒下的，
必該不僅僅是用來被紀念的「政治圖騰」！

後記：

黃榮燦，以〈恐怖的檢查〉木刻版畫，將「二、二八事件」刻在版劃上。一九四六－四七年參與深入民間社會、消弭省內、外隔閡的文化宣傳運動。與本省左翼作家楊逵結識，共同參加《和平宣言》的發起；一九四九年外省進步文化人紛被迫離台，唯獨，他仍留下，至一九五二年仆倒於馬場町刑場。

致詩人朋友

如果，有一天，我們的文體
隨著肉體而衰老。我們的
靈魂，被犬儒的唯心論者，
拋進陰暗的溝渠中。
這世界，將以怎樣嘲弄的眼神，
凝視我們的蒼白？

你曾經想過嗎？關於美學、關於詩藝。
關於一個海洋無盡延伸的日午。
你坐在山脈的斜坡上，
鞭辟入裡，逐一分析：
陽光與陰影如何在時間中更替？
又如何在你的詩行中　轉換？
但你回頭，家鄉仍躺在那裡，
以一種憒憒的無言，
對你訴說淨土的孤寂。

又如果，有一天，我們的文體，
如旱地上最後倒下的稻桿。
無從抵擋寒風的擁吻，
百年中一向寂寞的簷瓦，

突而墜落米粒，如星辰、如浪花，
如童舞般的水珠。向你展現，
它生動的舞姿與旋律。
你將如何在老去的鄉土上，
重整暗夜中堆滿書架的
音韻、章節、隱喻以及告白。
並為一行詩的新生　不捨晝夜？
最後，其實，我只想說：
詩人不盡美好；詩歌已盡本能。
讓青春燃燒爐上……成火，成光，
又終至成灰；也讓，真的讓
老者安祥入眠，抹去歲月的咒語。

海洋意象書

決定搭乘火車前往海洋，十八歲，那一年，
閣樓上，巴斯特納克的身影，時而，
在悶熱的榻榻米床上，化作對遙遠
雪國的、無盡浪漫的想像⋯⋯。
時間回來，轉身成一樁夢境。
「海洋呢？」夢中的問話，從恍神中傳來。
我啞口無言，僅能匆匆收拾記憶旅程中，
那被封禁在沙丘外的海洋。

秋日的芒草，高過想像中的屋簷，
幾度，我跨出城市，在公路間浪跡，
視線以外，防風林裡，埋伏著
動也不動的雕堡　若巨獸。

三十歲，出了門就是海洋。
在一個濱海漁村，攔截
跨國公司的污染，一如
澆熄整條世代之河的鬼火。
我醒著，和憤怒的蚵民一起
掀動帶鎖的波濤。戒嚴的
天空下，浮沉著一張張，
透濕的、失血的文告。

如此，時間之沫湧向此岸，
在一處無人問津的碼頭，
一具浮屍，隨著全球化的風浪，
漂向島嶼，喃喃低訴流離失索的身世。

蘭嶼之子

——夏天，給Maganun的一首詩

黝黑而發亮的肌膚，在艷陽下
濺起千年不墜、晶亮的水花。
時間在洞穴裡爬梳潮聲的音符，
遠遠底，似乎又有吆喝聲，從海洋
或者天邊撐起旗幟傳送過來。
這時，你只不過天真底回頭，
田裡的芋頭與地瓜，統統繞過

學校最遠最遠處的一道矮牆，
前來腳跟前吟唱古老的祭歌。
遊客來了，匆匆走了，他們
回去包紮被貪婪刺傷的眼睛？
你想問：「核廢料呢？幾時搬走……」
潛入洋流的爸爸，來不及答覆，
靈魂已被卡在流刺網詭詐的漩渦裡。
晚餐時分，黃昏在夏日的礁岩間迴游；
你是躍起的魚族，自人類學家來不及
帶回去的那片海域。「那麼，詩在哪裡？」
你問。「統統讓潮水，給沖到……」我說，
「不知哪裡去了！」

後記：

Maganum蘭嶼達悟人郭建平的兒子。他說，他的名字就是很聰明的意思。我想，他的聰明將化作陰晴圓缺，一直底、持續伴著那片祖先的海洋。

一個村落如何在你的文字裡誕生
——致　赫恪

我假裝午寐，一心只想，
在你醉酒之前，有計劃地，
竊取潛伏在你內心深處的獨白。
這時，躺在你書頁中的人物，
從陣陣恍神的字裡行間，
前後有序地醒來。「他們？」
你不敢置信地撫著起伏的胸口。

但，他們的確從光影錯叉處，
從你交疊的時空隙縫中
醒來，精神奕奕且微笑著。
面對你想像中浮現的：一片猶如綠色海洋的甘蔗田。

一個村落，你前往定居，
與島嶼東邊最偏遠的時間，
訂下拭去了諾言的誓約。
架上的書，親吻塵埃推擠著，
傳來夜浪拍擊礁岩的潮聲。
如你，親吻著漂盪的戀人；
又或者，吸吮翻覆桌面的烈酒。
清晨到來，帶著幾分暈眩，
前往那片微光中的月台，

等待逝去的腳蹤，隨長者
的口述，從山與海的遠方，
漸漸響著過來……過來……
在你孤單的胸口　駐足。

至於土石流，你的憂心，
勢將擴張，就如你飾辭中，
那場發生於戰後初葉的地震，
吞噬著村人的記憶，更加地，
剝去一個婦人安身立命的外衣。
那麼，站在河床上，那雙烏黑的、
帶著疑慮的雙眼，又如何
望向海岸山脈上翻滾的濃雲，
將劇烈在時間迴廊裡的風和雨，

統統收攏進心中的那口深井中？
當你遲疑。他們轉醒，自書頁中，
自你日夜伏案書寫的燈光下，
前來探望你守候多年的目光。

一個村落如何誕生？從你
詩學般的文字報告中，彷彿
墜落一記又一記的鐘聲，
自清季，自日據，自戰後，
自客家發軔於西岸的移民潮，
又回瀾，回到祭儀與神話的天地。
映照著你，曾經徘徊於
爵士樂與實驗電影的
波西米亞都市歲月……

如此，你做出了選擇
——致　陳明才

時間像一個殘酷的殺手，
冷不防底，在你的胸膛，
依全能者「天曉得是誰？」的吩咐，
注射進壓抑靈魂騷動的麻醉劑。
你因而反抗，像野史上，那些
無從抵抗最卑微選擇的人。
你明白，打從深處，當然明白，

他們不一定要是詩人、作家、哲學家
或者一個偉大的演員。

他們只是人，在殺手的凝視下，
感覺黃昏來的如此突兀，
而死亡竟如此漠然。

他們只是人。就像你，
將自己殘餘的肉軀，
交付給一片無聲無息的海床。
這樣也好，不是嗎？免得還要
虛構一個天堂。又或者，
在謊言編織成的人世，

去探問自己的　存在，
一個無意辯白的　存在。

命名

——獻給婚禮上的深靖與秀梅

將你的名，熔鑄上我的名，
拭去對底層的「污名化」，
恰是新的命名。在九．一一
獨特的日子裡誕生。

曾經，河的兩岸，兩雙
年少望向藍天的眼睛，

凝視著一只風箏。
起風了！遠遠的天向河靠近，
一絲線，牽動著腳步，
雀躍底在河海的匯口
相遇。這時，匆匆已屆中年，
回頭時，一座巨大而停擺的鐘，
像蒸著悶氣的火車頭，在街頭，
在罷工線上匍伏著身軀。
那時間的身軀，何時，又在
旌旗翻滾的月台啟動。
「何時」在起床時，回望著
甜美而紊亂的枕頭時，　你們問：
「甘蔗田裡沙沙做響。地下黨人，
從記憶的隙縫中回來，收成時，

順勢利刃割下WTO的頭顱」

且讓我的祝福，
化作南方燕子的一雙翅膀，
在你們相靠的簷下築巢。
且讓我送來一扇窗，
在夏日風暴抵臨時，
望向一艘銹壞的鐵殼船，
擱淺在眾目的積怨中。

九．一一為新人命名的日子，你們
攜手穿越一道又一道被扭曲的門，
街道上，貧困的人唱著鼓舞的歌，
陽光，哼著從陰影中脫身的調。

時間之歌

——致 Putu，在雅加達的天空下

時間帶領我前往你的家鄉，
觀光的眼神，如浪潮。瞬時間，
淹沒了記憶的岸。沖刷著
一個小島上僅存的祭儀……。
你說，在暴力與宗教的光影交錯間，
時時刻刻，似子宮，孕育創作的靈魂。

於是，我造訪一座崩解邊緣的大城，
你寫作、搞劇場，目睹暴亂在家門前發生的
雅加達。傳統攜著火花般的眼睛，突而，
便毫不設防底闖進暗幽的小劇場裡；
我也無從設防底卡在時間的夾縫中。
我說：海洋、廟宇、戰爭、記憶……
共同撈起一樁遺落在全球化惡水中的
夢境。子夜，是誰敲開了後街旅館的門？
讓風進來、椰影進來、阻街女郎的香水，
以及膚色各異的遊客的汗水，統統進來。

這時，時間像一個瘸腿的老人，
沿著天窗邊緣緩緩攀爬，
登上穆斯林的屋頂，拉住

一條朝向夜空的麻繩，
與我們描述一個擺盪中的場景。
而我看見你的身影，在場景中，
動盪著……。

後記：

當代印尼著名的作家及劇場導演。擅於穿梭夢與現實，進出傳統與現代之間。他認為，一切的現狀交於夢幻中，這在他的家鄉峇里島，是司空見慣的生命現象。

問號

——焚寄蘇慶黎

走著，走著，用發凍的雙腳走著。
高高的樹，禿禿的枝椏，舉目
是一望無際的　凍野。
這裡是哪裡？我問。喔！對了，是啊！
是華北平原上的一個農村，沒錯呀！
我問自己怎麼心慌了！楞了許久，
就是答不出一個的句號來。

那麼問號呢？這麼問時，黑色的田土，
在寒冬的冷颼中下陷，而後化作
市場上不值幾分錢的　收成。
如此，問號在田土與市場間，
串起一根玉米、一條褲襠和一張張稅單。

想問妳，蘇姐。那麼，妳的問號？

回頭時，用心想著妳突而休克的病軀；
在北京，我未曾親臨探望的加護病房。
於是，島嶼的記憶撲向前來……。
我記起，某一個八〇年代的仲夏夜晚，
在戒嚴令的孤燈下；又或者，
另一個日午或黃昏，在農運的

宣傳車上；在工廠的罷工線前。
妳暗地轉身，將問號交給了毛主席，
放進他深深的衣袋裡，無悔。

那麼，這一刻呢？蘇姐，土丘上蹲著的
是一張黧黑的臉孔。他身後，數以億萬的
農民，用赤膊躺成巨幅的問號，
在共和國的天空下。

走著，走著，別忘了朝農家走去。
高高的牆，強勁的風，還有
蘇姐一生一世都沒寫完的農村報告，
現已化作問號，隨著棉絮滿天飛揚？
沒打緊，讓我繼續送妳知識的魂，

前去冬風中的灶，燃起烈火，
敲響鑼鼓，和農婦們在穀場上
扭一陣酣暢的　秧歌。

後記：

蘇慶黎，一個朋友；一個進步圈的大姐。一九八〇年代因著參與《夏潮雜誌》的編務，與她結識；二〇〇四年冬日病逝北京，一生中的階級運動札記，由她的血脈流向魂魄……。

廢墟中的提琴聲

——致　出沒聲音禁區的坂本弘道

我發現你沒入一片黃沙中，
將自己隱居，在時空最偏遠，
最最偏遠的末端，甚至，
化做飛揚風暴中的狂沙，
襲向傲岸的孤岩，
發出令這個世界碎裂的呼嘯聲。
子夜抵臨，當一切的騷動

都已在末世的危言中，
燒成無從辨識的灰燼，
望向殘破的、被誤解的天空，
為你經常性的巡迴旅行，
拉動琴弦，出沒於我想像中的
聲音禁區。於是猜測，這時
我已登上你的灘岸，一片
專屬於弦音的
詩的險灘。

坂本弘道，一個視提琴為「敵人」的提琴家。自公元二千年起，多次來台和「差事劇團」共同完成帳篷劇作品。期待來日，他的琴和我的詩，能共現在一個時空裡。

山靈默默

入夜以後，稀薄的空氣中，
緊挨著相互取暖的身軀。
突而有酣聲，或者夢語，
都無法趨走緊密交疊的
想像，如山徑中踩過的頁岩，
不曾斷裂，卻在磨損中變形。
一如我對妳們的想像。
有人要我寫一首詩，關於妳們，

換個角度說，關於地震的災難。
我躲到意識的角落裡，
面對著自己的陰影，明白消除
任何得以表述苦難的文字或符碼。
現在，我的血脈漸漸和緩，
將疲倦悉數交給鬆軟的雙腿
登山鞋，在夜暗的床腳下醒著，
它不眠，僅以瘖啞的沉默溯跡：
我突而聽見熟悉的腳步聲，
穿越夢境、穿越斷層、
穿越族群界線的最後一塊磚頭，
來到一片散碎的瓦礫堆前。
凝視妳，蹲著媽媽們慣有的背脊，
在昏暗中，擦拭著蒙塵的祖宗牌位。

有人要我寫一首地震災難的詩：
峯頂的夜空，星圖恆常分佈，
從未有陰暗的一角，在偏離中，
被傾斜的目光誤現。或者，
像妳們一樣，被虛構的時空，
權力的必要，溫柔有序的拭去。
並且，審慎底留下馴化的修辭，
在媒體的空氣中擴散。

子夜，山靈默默環視：
我的難眠，我渺若浮塵的躺臥。
未帶相機，未備宣言，
板塊撞擊的巨烈聲響，
彷彿自百萬年前的海底傳來。

盤桓於窗口的月光，
映著片片斷斷的夢境，
打算攜帶僅有的肉軀出發，
在日出主峰的晨曦間，
探問神話中的女巨人，
關於「玉山學」的真實與飾語。
這時，我想起你們；在斷裂那方，
以身體、以勞動、以女性的寬容，
繼續在一座失憶之島，
回收遺落牆角的　　　碎語。

初臨玉山，勿須仰望，
無須國族想像的神聖，
僅以孤絕的存在，和自然依偎，

也當然，久抗衡，如同，
妳們，不凡、殷實而省略形容。

布農族作家霍斯陸曼．伐伐說：台灣布農族人相信，他們都是從女巨人的腳拇指衍生出來的民族。玉山主峰則是他們的母親：女巨人的永遠化身。

文體

他走了，留下滿地菸屍。
以及，一長串陰暗溝渠般的穢語。
多年以後，他回來時，身上浸泡著
相同難忍的酒味。我想：屆時，
他將以滿腮的髭鬍，
在溫柔的乳房上，留下
旅次中的札記。

如此，時間宛若情人，寬容了
一個失意知識份子的耽溺；
以及，滴在他血管中的失序傾向。
這一切，就算是中年過後，
偶而發生在都市某個寂寥夜晚裡，
一種愈來愈形衰老的文體。

最重要的是：他仍渴望，清晨的
陽光，從米色布簾斜射進來時，
有人終將被久經遺忘的體香，
毫不設防的掠奪。

回信

孤單若轉成孤獨
海洋中，一塊浸蝕的漂流木
將會，或者時而在你突然
翻過身去的靈魂中
幻化成文字之篭
收容你逐漸暗去的顏
以及，醒來的
　　　荒涼

雨夜，阿Q變身來訪

雨夜，變身來訪的阿Q，一套
浸染著冷意的黑色西裝，
配上紅色領帶。不假顏色，
撐著黑傘在淅瀝瀝的雨勢中，
和我們宣示沉默的時空告白。
一旁，朽舊的鋼琴，一如地底
陳封多年的棺木，在泥濘中
散發著無政府主義者的　變奏。

那時，靖國神社裡的台灣軍魂，
正循著冷豬肉的微騷氣味，
彷徨於一塵不染的牌位之間。
婆羅洲的炮坑裡，安置著死亡之穴，
現在，由自戀的國家主義者
安排清除了鄉愁的床位。
於是，某種東西被埋下；陳埋的
是竟連阿Q的變身也感到絕望，
也一時茫然無言的；
浸濕在記憶沼澤的
腳印。

迴旋梯

迴旋梯，繼續迴旋……
通往一座地下劇場，
空間愈老，愈像沈默的隱者，
在迢遙的河岸打坐冥想；
時間年少，帶來輕狂的笑聲，
最好掀起仲夏一整季的浪花。
紅色的把手扶老助少，雖然，

漸漸底在暗幽的光影中褪色，
邊緣的夢境，依稀在蟬鳴噪耳聲中，
以一種朝向南方邊境的身體，
自己醒來：貧困者的吟唱，是吧！
是恆河裡沾在裹屍布上的一粒沙。
又或者，不妨是反戰戲碼裡，突而
迸裂在演員台辭裡的星火……。

迴旋梯，繼續迴旋……繼續
在褪色的世界中迴旋；
在流離的眼神中迴旋；
在城市裡，消費若虛境實擬；
商品若土石流淹沒高樓落地窗；
在感官的肉搏泥濘；在快速

遺忘遠方戰爭的頻道前，
繼續……迴旋。

與栗太郎同遊故宮

城市，突而風雨來襲；潮濕的
街路，彷如通往古典之美的隧道：
濕滑、陰蔽、轟轟然的噪音中，
微光在未知的盡頭阻斷；回神時，
記憶飄散若割去神經的瞳孔。
於是，逆風的傘骨，在空曠的
馬路中折斷。你的褲管
初嘗島嶼的意識亂流。

不打緊，因你已空著勞動者之腹，
瞬間，便全然沈浸於柔光下
一粒時間洪流淘洗過的印石。

後記：

栗太郎是日本舞踏舞者。他同時是一名造屋藝工。他說：若有時間，他會一整個星期沉浸在故宮的文物之美中。

墳坡

我是逆著時間的狂風，走向這墳坡來的。
最早，是童年時某一個清明時分的晨間吧！
大安溪在山腳下，兀自將卵石陳列成一片金黃色的巨床。
故鄉，是巨床上突而瀰漫著茫霧的丘陵。
我徒步，跟隨父親瘦瘦的孤影，
在探親的路上，被不知如何的寂寥給盤據了整個心坎！
而後，是雜草覆蓋下凌亂不堪的墳塚，
在緊握的鐮刀下，從坡徑間現了形！

轉個身，一具可能是剛撿過骨的朽棄棺木，
在童年的目光底下，突而告示著死亡的無從追問。
那橫生著荊棘的朽木底下，好似冒出了一只小蟲的半身來。
時間，在生存與死滅的臨界點上，由不得多一聲無謂的嘆息！
於是，有我逆著時間的狂風，
在墳地裡，留下的幾些腳印，
像似在對逝去的日夜，轉述著喃喃的告白……。
說著、說著……已經到了墳坡的這頭，
又有了車水馬龍，在木雕街上，
準備迎接著即時張羅起來的觀光商市了！

燃燒的記憶

——「二・二八」六十年祭

如今，記憶已蒙塵
像父親生前留下的筆記本
兀自在書架的角落裡
忍受塵埃的日夜覆蓋
忍受時間的曲辱
忍受一種孤寂
一如噤聲的唇，緊閉著

六十年，漫漫長長
將開口，卻又被圖騰式的政治口號
給緊掐著喉頭

然則，父親未曾埋怨
如同筆記，沉默在光與暗的交界處
直到這個夜晚，以影現身，於我夢中
燃燒著一頁頁　記憶
驅走符咒般的　國族

午後潛行

有兩種擋風玻璃：它自己，以及不斷變化的影子——菲律賓革命詩人 Eman

寒流來襲的初春台中

點亮燈，備好茶，另一個
沒完沒了，孤索的午後。
劇本大綱仍以裸身……或仰躺，
等待解剖；或站立鏡像前，

等待我，覆以烘乾後的衛生衣。
一株梧桐，在家鄉貧瘠的紅土山坡，
與木雕街上的觀光客對視：
消費洪流瞬間溺斃童年的倒影。
寒流來襲，妻的身影在街巷流轉，
據說為社區手繪陽光的天空。
繼續，我呆坐渡過發酵中的
分分秒秒。意料中，有影來敲門，
告知夜昨閱讀未竟的老兵，
在返鄉的半途中折返　　因
一場地震，一個泰雅妻子，一個
斷層帶上忽而沉埋的　部落。

因為，廣場上

因為，廣場上有風。
風在黎明，吹動旗幟：
徹夜難眠的老兵，從他
記憶的被褥裡，緩緩抽出
老婆離家前留下的髮；以及
時間磨厲下幾不成形的總統文告。
於是，我們統統回到戒嚴，或者
築起心理的冷戰防線。嘲弄著，

他們據說不民主的身體。
當然，旗幟已老，就像那場雨，
襲打在佝僂而蒼老的肩背。
於是，我們在海洋國家館前留影，
撐傘，前往琉璃櫥窗前註記身份。
並不忘，低聲、禮貌且把持分寸底
讚美　風雨中的　民主警察。

身體裡的風箏

有一只風箏，在我的身體裡
隱沒又現形……先是，晨八點，
學童途經我家窗前。嬉鬧聲，
在他們的課本裡幻化成
一片晴空。島嶼的夏日，
我們相互招呼，打著暗語：
一齊將口號與口水，
嘩啦啦！倒進陰溝裡。

而後，又是一個尋常的黃昏，
千萬種形像在街頭來回。
彷彿，我不經意瞧見：一個舞者，
在路口，受到警察的酒測。伊的舞姿，
恰像從我身體裡飛出來的　　風箏。

穿越慾望之網的另一個自己

霓虹燈閃，又是另一翻子夜的場景
無須告白，只須香水在菸臭中無語
便剎時間，吞沒了陽光下虛矯的　身段
再也沒有時刻，比此更為真實
就一座城市而言。是的
就一座糾纏著金錢咒語的城市而言
如期抵達，恰是一趟呻吟之旅的開始
在幽暗與燈光之間，一道門

迎著逆風的額頭，悄然開啟
下一刻，已迷離於乳香和
輕輕發散著嘆息聲的扭腰間
至於，雙峯如何隨著酒的節奏
進出隱密的撫觸　最好
留給夜暗的　未知

穿越慾望之網的另一個自己
虛掩身份　無所禁忌
在國家躁鬱的病歷表上
留下一枚空虛的　　指紋
繼續朝南方疾馳而去
汗濕的平原之後，沼澤帶　往下滑
濺著水花的，恰似濕潤的唇

又或是　蔓生雜草的神祕穴洞
燃著火焰，交織著顫慄的　瞬間
在噪耳與俗濫的卡拉OK間
繼續　狠狠襲擊著　著了火的道德　防線

腹語術

於是，在歷經了一趟風雨旅程後，
回到家鄉的他，只能以腹語術，
在人前人後施展銳利的觀察。
何以是腹語術？只因言說，
在這世界面前，僅僅殘存著
一具恍如吊掛總統府高樓上的風中傀儡。
那麼，就在殘冬抵臨前，趁秋風中
掠過後街的一抹午陽，盡心地

曬曬發了霉的一席被單吧！
誰料，夜夢裡，腹語術突變為流行病，
在殖民記憶的空間中——感染快速。
文告前，佯裝沈思的總統，
已經宣誓了宛若天皇的
世紀奏摺，在人民面前！

墳

汗濕了的枕巾上，似乎，
隱隱傳來一股屍味。
我已死去？還是夢中糾纏著
那被時間棄置的他者的記憶？
子夜，最後一班捷運，打從
城市高空沿著弧線瞬間消失。
我們僅僅剩下殘喘的句子，
得以在錯叉如密網的市場機制面前，

留下幾行　墓誌銘。
從來，死亡的禁忌，並未
隨之帶來存在的鮮活氣息。
那麼，在黑洞深處的星火，
又如何僅以剎那的燐光，
為自己命名，為沉埋搏鬥，
又或者為一個個斜斜躺下，
沒有臉孔的碑石，燃燒
一整個冰河紀元般封凍的世紀。

寫詩

給自己一種情境，藉以讓一個角色，
在救贖的祭壇上輾轉難眠。醒來時，
菸霧迷漫的酒館中，一名膚色如岩礦的
妓女，在巨碩的乳溝前兜售贖罪券。
這樣的敘述，其實是另一種文案的想像，
倒底又碰觸了靈魂的哪個危梯呢？
那麼，給自己一個窗口，讓靈魂懸索而下，
恰好隱身於石牆後，窺視卡夫卡寫作時，

拉著穿越一個又一個城堡的影子。
這樣子，據擺盪的繩索說：也不過憑添一樁
布爾喬亞的意象營造罷了！
是嗎？那就不妨給自己一副身體，
用來將行動悉數收回或回收到
記憶及幻想的公社裡。

人民的戰士

Eman Lacaba 作
鍾喬 譯

人民的戰士是個體育健將；
是登山隊員，並不因山在那裡，
而是群眾在那裡。
他是個特技演員：平衡自己
於橫跨河流的倒落樹幹上，
於危及生命的駭人瀑布中，
他像個走鋼索的舞者。

人民的戰士是個演員：在革命的
舞台上，一個誠摯的演員，對於群眾
是頂尖的評論家，能辨讀臉孔與身體，
並且察知你述說真理，或只是玩笑。
人民的戰士，喔！對了，是個喜劇演員：
讓群眾看清矛盾，看清他們處境的嘲弄。
衝突，有關血汗之軀的被宰制者，以及，
食髓知味，坐享轎車、辦公室和大理石
馬桶的宰制者。人民的戰士，
鼓舞群眾欣然赴戰地，帶著決心；
他扮丑角，讓群眾舒坦底與他相隨，
他置身其間，他為民眾…………為首度
武裝的人民戰士。從無辱責。

外一章　革命詩抄

幾句話

Eman Lacaba　菲律賓革命詩人。

Eman，短短的一生，活了二十七歲。用天妒英才這樣的修辭來形容他，卻只能滿足布爾喬亞心態的作祟，一九七四年，二十五歲，他前往監獄探望服政治刑的兄長，與他道別。從此遠赴明答那峨島參與新人民軍……。當他拿起槍桿，展開武裝鬥爭的前後，他的詩風由詭異，神祕轉而成平白、易懂中融合高度的隱喻……此後，死亡經常成為詩中的意象……打遊擊的日子裡，一紙難求，便在錫箔紙背寫下一行又一行的詩句……關於人的解放和自己的死亡的詩……。最後，他嘴裡含著背叛者的槍管……在「轟」中結束紅色的青春，僅留一本，死難後，他的兄長上下求索為他編輯而成的詩集：《救難詩選》。

致菲律賓藝術家的公開信

詩人必須同時學習
如何帶動攻伐
——胡志明

1

路在陌生人面前隱了形；
急躁的腳趾在巨岩上留下英吋寬的印子，

至於，自由的手掌緊握著枝椏。
要不然，便一頭栽倒於石塊下。
瞬間，死亡的瀑布，快速底
染紅了水牛的頭蓋骨。

然則，病人引路而群眾做導師：
關於四十座大山和百川；
關於犁田、耕種、除草以及收成；
關於數以「打」計的方言，讓
互相標榜的外來舌頭，相形見絀。
我們必須消除自身的布爾喬亞根源。

五月一日，一九七五

2

我年輕時的伙伴，你想知道
撒野而害羞的年少詩人，在寫過
最後緊接著最後的詩之後，改變多少；
你聽說了，他像泥土一般黝黑，
赤著腳、綁頭巾、繫上腰刀，
他的筆，鼓漲成長槍：
深深的掙扎改變著內心。
像剝去椰子的殼一般，
他去除了數億層的自私。
或者，像傳說中的鳥，學習
關住自己的慾求。唯有
火熱和歌聲，在胸膛之間。

現在，貧血的原因是睡眠不足，
而非波西米亞的日子，文化，
總的說來，是為了人民。

他融鑄隱喻，但更多，
是為親筆提升幾何記憶般的山：
並非因為山在那裡，而是由於
群眾在那裡。曲徑如拼圖，
他須將之拼妥。
儘管，人們稱他是棕膚色的Rimbaud
他不是強盜而是人民的戰士。

十一月，一九七五

3

我們沒有部落但部落全屬於我們
我們沒有家園但家園全屬於我們
我們沒有名字但名字全屬於我們
面對法西斯，我們是蒙面的敵人，
趁夜色，如義賊般抵達，是死亡天使：
是移動的芒光，風暴的神祕之眼。

我們的路途仍迢遙——
這讓一切不同凡響：
荒野中的赤腳軍伍，我們
得及時趕上，醒來的群眾是彌撒亞。
在農民與工人之間，我們

失落的世代找到了真理。
是唯一的家。

一月，一九七六

註：Rimbaud，法國象徵派詩人二〇〇四寒天重讀Eman作。

殺戮

韓　金南柱作

沒有人能忘卻發生於一九八〇年五月的「光州人民蜂起事件」；有一天，當你的腳蹤踏上光州五・一八公墓時，會在左側臨山徑的一個角落裡，發現詩人金南柱的遺像，隔著一方遮雨的塑膠透明框，正從時間的另一端，無言底拋出他一如鬥爭之沙的詩行！

是五月的某一天
是一九八〇五月的某一天
是一九八〇五月光州某一天的夜晚

子夜，我目睹
暴力警察取代一般警察
子夜，我目睹
軍隊取代暴警
子夜，我目睹
美僑撤離城市
子夜，我目睹
所有車輛禁止進城

喔！多麼詭異駭人的子夜
是五月的某一天
是一九八〇五月的某一天
是一九八〇五月光州某一天的正午

正午，我目睹
一隊槍上刺刀的軍人
正午，我目睹
一群打算攻擊市民的軍人
正午，我目睹
一群預謀強奪市民的軍人
正午，我目睹
一群化身惡靈的軍人

喔！多麼令人生畏的日午
喔！多麼赤裸無情的日午
喔！多麼謀定而動的子夜

是一九八〇五月的某一天
是一九八〇五月光州某一天的夜晚

子夜　城市像蜂窩般嗡鳴的心臟
子夜　街道是淌流血一般岩漿的河流
子夜　微風騷動著被謀害女孩沾血的髮
子夜　黑暗吞噬著退殼彈頭般孩子的眼球
子夜　兇手正將屍体運往某處

喔！多麼不寒而慄的子夜

是五月的某一天
是一九八〇五月的某一天
是一九八〇五月光州某一天的正午

正午　天空是一塊血染的紅布
正午　街上沒有一戶人家不慟哭
無等山披著喪服遮住臉
正午　榮山河摒息著不再呼吸

喔！葛爾尼卡的殺戮肯定沒這麼森寒
惡靈般的計謀未如此精密

後記：

一九八〇年五月間，光州城市的學運風潮如火如荼，點燃了南韓民主鬥爭的火焰。隨著運動的擴散，以及強烈要求結束獨裁軍事統治的聲浪。光州市民以民眾的身份參與進運動中。就在市民、學生以及社運人士擴大連結的同時，全斗煥軍政府遣派包括第七空降師在內的其它部隊，由空中和陸地展開殘酷和冷血的清理鎮壓。其間，抗爭人士曾一度短暫以運動力量趨退軍隊，在光州城市中成立解放自治區，人民恢復市集買賣、自由往來，並由暫時成立的「市民軍」担任護衛的職責。

恰因為如此，在美國政府的背後支持下，全斗煥以戒嚴令的子彈射向示威的群眾，強力鎮壓蜂起中的民主運動。從五月一八日揭開正式序幕的鬥爭，直到五月二七日武裝鎮壓下暫告終止。總共造成至少三〇〇多人的犧牲，數千人受傷，並有不計其數的市民、學生遭到酷刑、囚禁。

二十五年的時間過去，光州在民主化浪潮中，同時肩負著旅遊、觀光以及「聖地」的夾擊，各式的商品開發正以光鮮亮麗的「現代化」名目盤据於埋葬著苦難記憶的土地上。然則，記憶依舊在晦暗的角落裡揭示著「光州人民蜂起」對韓民主化運動的里程。其里程，首先是民眾力量以實質的鬥爭者介入了反獨裁的光譜中。而後，歷經東亞冷戰的長期割裂，南韓民眾的民主化運動，終而在「光州蜂起」中揭露了美帝國主義勢力經由情報、軍事基地的干預，在亞洲以及全球第三世界國家的罪行。

尋找范天寒

一九八八那年的某一天，晨起前的夢中
卡巴　胸前掛著同樣的那台相機
從西班牙內戰的戰場　前來
他像是在我的夢境中，說了自己的名言：
「如果，你拍得不夠好；因為你靠得不夠近」
然而，當他轉身，前面是倒下的士兵
他按不下的快門，決定了
他無法決定的瞬間

就這樣，我起身出去尋找范天寒
天空有些陰霾的日子
門口抗爭的行列中
似乎飄著一面隱形的
看不見的旌旗
我知道，那是范天寒和他的弟兄們
從壓殺的記憶時空中　走來

另一個破曉、另一個時間突而斷了線
另一個令人從此在家鄉面前
失去自己身影的　天光時分
繩索緊繫串成一串綁赴刑場
豪雨中，變身為革命者的　幽靈

拎著自己的頭顱登場

說了噤聲的故事

現在，街頭上行走的人

都彷彿在問：

「這就是**范天寒和他的弟兄們**的故事嗎?!」

彷彿都在問：

「幾時侄正尋得到你……幾時……」

後記：

最早，一場桃園客家山區的採訪，識得一九五〇年代參與地下黨，而捲入白色恐怖肅殺的梁氏一家人。為免生情治牽連，幫他取了匿名——范天寒。三〇年後，將這段經驗搬上舞台，就是《范天寒和他的弟兄們》。

一粒米

——寫給果然紅的自然田作

一粒米，抵抗一個貪婪的世界

曾經，在城市失語
歷經不知多少徬徨
只能在高牆前獨語
故鄉在牆裡走失

曾經，在一場霧霾中
慌亂找尋文明出口
只能從錯亂的腳蹤
尋回雜沓的方向

曾經，在不眠工廠
滾動疲憊不堪時間
只能駐足於子夜時分
分辨體內的喘息

決定回到南方
回到農村，回到土地
回到身體與勞動
回到春日翻攪的田土

回到父親失落的日夜
回到母親日夜的思念
尋找一種汗水
交代給活著的價值

用一粒米
抵抗一個貪婪的世界

當時間屬於我們的時候
——和里美的通訊

相約一起
到河海交會的堤岸
幻化做海鳥的翅膀
逆向南風　飛起時
家鄉的天空　映照著
四季交奏的土地
那時　我們點頭　我們微笑

用稻穗般的歌聲　召喚
離鄉未歸的男男女女
用沉入田土的身體　引領
回返祖厝的老病殘魂
讓生者與死者
一起在共生的餐桌上
享有黎明時　對世界
最初與最後的允諾
我們將不會孤單

因為　當時間屬於我們的時候
傾圮的將是一支支　僅剩著
廢墟般殘破的煙囪
向世界詛咒著自身的罪行

那時　出海口的沙丘上
東北季風的揚塵下
一頂農民的斗笠
停駐在快門按下時
決定性的顯影間
既是剎那　也是永恆
我們用影像奪回
被資本搶佔的天空

當時間屬於我們的時候
就是人在家鄉的共同體上
呼吸的時候

後記：

〈台西村影像館〉成立之際，我在館址所在的古厝前，和庄裡的小女孩——里美合照。盛夏酷暑的陽光，沉寂一如濁水溪出海口，因沙漠化而無言的沙丘，卻以影的告白，似乎在噤默地說著：當時間屬於我們的時候……

戲劇，在詩的想像中

《女媧變身》攝影者／許震唐

《天堂酒館》攝影者／差事劇團

《天堂酒館》
攝影者／差事劇團

《回到里山》
攝影者／差事劇團

《少年哪吒的變身》
攝影者／盧德貞

《返鄉的進擊》
攝影者／差事劇團

《返鄉的進擊》
攝影者／差事劇團

《敗金歌劇》
攝影者／陳文發

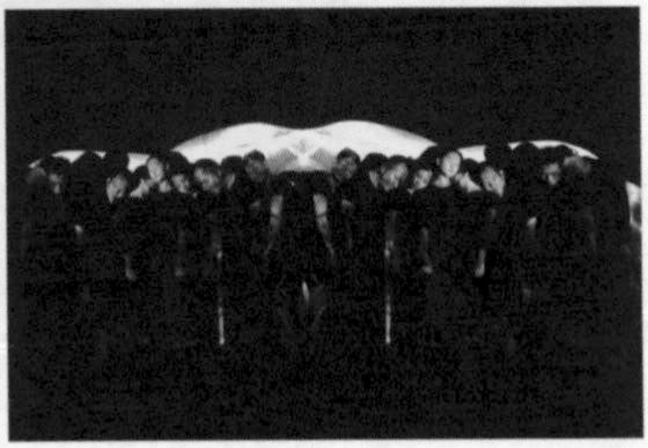

1
2 3
①帳篷劇《潮暗》攝影者／差事劇團
②帳篷劇《潮暗》攝影者／差事劇團
③《范天寒和他的弟兄們》攝影者／郭盈秀

語言文學類　PG2125　秀詩人52

這裡就是羅陀斯
——鍾喬詩抄

作　　者／鍾　喬
責任編輯／徐佑驊
圖文排版／周妤靜
封面設計／王嵩賀

發 行 人／宋政坤
法律顧問／毛國樑　律師
出版發行／秀威資訊科技股份有限公司
114台北市內湖區瑞光路76巷65號1樓
電話：+886-2-2796-3638　傳真：+886-2-2796-1377
http://www.showwe.com.tw
劃撥帳號／19563868　戶名：秀威資訊科技股份有限公司
讀者服務信箱：service@showwe.com.tw
展售門市／國家書店（松江門市）
104台北市中山區松江路209號1樓
電話：+886-2-2518-0207　傳真：+886-2-2518-0778
網路訂購／秀威網路書店：https://store.showwe.tw
國家網路書店：https://www.govbooks.com.tw

2019年2月　BOD一版
定價：350元

國家圖書館出版品預行編目

這裡就是羅陀斯 : 鍾喬詩抄 / 鍾喬著. -- 一版. --
臺北市 : 秀威資訊科技, 2019.02
面； 公分. -- (語言文學類 ; PG2125)(秀詩人 ; 52)
BOD版
ISBN 978-986-326-660-0(平裝)

851.486 108001087

讀者回函卡

感謝您購買本書，為提升服務品質，請填妥以下資料，將讀者回函卡直接寄回或傳真本公司，收到您的寶貴意見後，我們會收藏記錄及檢討，謝謝！

如您需要了解本公司最新出版書目、購書優惠或企劃活動，歡迎您上網查詢或下載相關資料：http:// www.showwe.com.tw

您購買的書名：________________________________

出生日期：________年________月________日

學歷：□高中（含）以下　□大專　□研究所（含）以上

職業：□製造業　□金融業　□資訊業　□軍警　□傳播業　□自由業

□服務業　□公務員　□教職　□學生　□家管　□其它_____

購書地點：□網路書店　□實體書店　□書展　□郵購　□贈閱　□其他

您從何得知本書的消息？

□網路書店　□實體書店　□網路搜尋　□電子報　□書訊　□雜誌

□傳播媒體　□親友推薦　□網站推薦　□部落格　□其他__________

您對本書的評價：（請填代號　1.非常滿意　2.滿意　3.尚可　4.再改進）

封面設計____　版面編排____　內容____　文／譯筆____　價格____

讀完書後您覺得：

□很有收穫　□有收穫　□收穫不多　□沒收穫

對我們的建議：________________________________

____

____

____

請貼
郵票

11466
台北市內湖區瑞光路 76 巷 65 號 1 樓
秀威資訊科技股份有限公司　　　收
BOD 數位出版事業部

（請沿線對折寄回，謝謝！）

姓　　名：＿＿＿＿＿＿＿＿　年齡：＿＿＿＿　性別：□女　□男

郵遞區號：□□□□□

地　　址：＿＿＿＿＿＿＿＿＿＿＿＿＿＿＿＿

聯絡電話：(日)＿＿＿＿＿＿＿＿＿＿(夜)＿＿＿＿＿＿＿＿＿＿

E-mail：＿＿＿＿＿＿＿＿＿＿＿＿＿＿＿＿

延伸閱讀

革命軍——莫渝詩集

莫渝　著／200元

莫渝，本名林良雅，1948年出生於苗栗縣竹南鎮中港溪畔。莫渝自我界定為現實主義人文關懷的台灣詩人。本詩集共46首詩，依主題分為九輯。作者用風行一時的達達主義暗喻當前政壇與社會狀況，是一部政治詩集，也是批判的現實主義詩集。

詹澈詩集——發酵

詹澈　著／420元

《發酵》這部詩集的內容大部份是作者近年來回於城鄉之間，大陸與臺灣，社會與人文間的感觸與思考，有著社會主義的思考與資本主義商品經濟矛盾的呈現；間插著人世間的親情、愛情與友情，以及對詩與詩人的對白。

馬克思在其名作〈路易・波拿巴的霧月十八〉中，
以《伊索寓言》的詩行：「這裡就是羅陀斯，在這裡跳吧！」形容屢經敗仗，
卻深有自我批判的無產階級革命，唯有就地站起作戰，才能走出革命敗北的陰霾。

這裡是廣場，這裡是巷弄
這裡埋有共同的魂
在這新世紀的宣言
始終未宣告誕生的日子裡
你說：在革命的旌旗下
曾經倒下的敵人，好似在土裡
吸取更多擊垮我們的力量
所以，這裡就是羅陀斯，在這裡跳吧
所以，這裡就有玫瑰花，在這裡舞吧

集結的臉孔，穿越水晶屏幕
從這個街角朝向那個街角
迅雷不及掩耳，佔領及抗爭
築起左翼聯盟的街壘
來吧！你必須從這裡出發
因為，這裡就是羅陀斯
因為，這裡就有玫瑰花

——節錄自〈這裡就是羅陀斯——寫給馬克思誕辰二〇〇週年〉

ISBN 978-986-326-660-0
9 789863 266600 00350
建議分類　華文現代詩